名家名著经典作品选集

散 文

郁达夫◎著

张志伟◎主编

黑龙江美术出版社·哈尔滨

图书在版编目（CIP）数据

郁达夫散文 / 郁达夫著. -- 哈尔滨：黑龙江美术出版社，2025.2

（名家名著经典作品选集 / 张志伟主编）

ISBN 978-7-5755-0140-8

Ⅰ.①郁… Ⅱ.①郁… Ⅲ.①散文集—中国—现代 Ⅳ.①I266

中国国家版本馆CIP数据核字（2024）第042368号

MINGJIA MINGZHU JINGDIAN ZUOPIN XUANJI YU DAFU SANWEN

名家名著经典作品选集　郁达夫散文

出 品 人：乔　靓
　　　著：郁达夫
主　　编：张志伟
责任编辑：颜云飞
责任校对：于　澜
出版发行：黑龙江美术出版社
地　　址：哈尔滨市道里区安定街225号
邮政编码：150016
发行电话：0451-84270524
经　　销：全国新华书店
印　　刷：三河市同力彩印有限公司
开　　本：710mm×1000mm　　1/16
印　　张：12
版　　次：2025年2月第1版
印　　次：2025年2月第1次印刷
书　　号：ISBN 978-7-5755-0140-8
定　　价：60.00元

本书如发现印装质量问题，请直接与印刷厂联系调换。

郁达夫简介

郁达夫（1896年—1945年），名文，字达夫，1896年12月7日出生于浙江富阳（今杭州市富阳区）满洲弄（今达夫弄）的一个知识分子家庭。幼年贫困的生活促使他发愤读书，成绩优异。1913年9月随长兄赴日本留学，毕业于东京帝国大学（现东京大学）经济学部。

郁达夫是著名的新文学团体"创造社"的发起人之一，他的第一本小说集也是我国现代文学史上的第一本小说集《沉沦》，被公认是震世骇俗的作品，他的独特之处就在于能大胆地坦露自己的内心世界，真诚不遮掩，从而达到内省和自我批判，这种文学精神在中国作家中少之又少，至今仍有存在的意义。他的散文、旧体诗词、文艺评论和杂文政论也都自成一家，不同凡响。

夏衍先生曾说："达夫是一个伟大的爱国者，爱国是他毕生的精神支柱。"郁达夫在文学创作的同时，积极参加各种反帝抗日组织，先后在上海、武汉、福州等地从事抗日救国宣传活动，并曾赴台儿庄劳军。1938年底，郁达夫应邀赴新加坡办报并进行抗日救亡的宣传，星洲沦陷后流亡至苏门答腊，因精通日语被迫做过日军翻译，其间利用职务之便暗暗救助、保护了大量文化界流亡难友、爱国侨领和当地居民。1945年8月29日，被日本宪兵残忍杀害，终年49岁。1952年经中华人民共和国中央人民政府批准，追认其为革命烈士。

郁达夫的一生，胡愈之先生曾作这样的评价：在中国文学史上，将永远铭刻着郁达夫的名字；在中国人民反法西斯战争的纪念碑上，也将永远铭刻着郁达夫烈士的名字。

目 录
Contents >>>

青春之梦

我的梦，我的青春！ ... 2

书塾与学堂 ... 5

水样的春愁 ... 9

饮食男女在福州 ... 13

漫游神州

远一程，再远一程！ ... 20

一个人在途上 ... 23

南行杂记 ... 28

杭州 ... 31

两浙漫游后记 ... 35

钓台的春昼 ... 38

花坞 ... 44

四季如歌

小春天气 ... 48

杂谈七月 ... 54

杭州的八月 ... 55

故都的秋	56
江南的冬景	59
立秋之夜	61
北平的四季	62

精神家园

孤独者	68
悲剧的出生	71
零余者	75
移家琐记	81
还乡记	85
还乡后记	101
大风圈外	110
写作闲谈	114
病闲日记	116

怀念友人

怀鲁迅	124
志摩在回忆里	125
雕刻家刘开渠	129
记耀春之殇	131

感悟人生

暴力与倾向	136
说木铎少年	137

篇名	页码
茑萝行	138
灯蛾埋葬之夜	150
青烟	154
半日的游程	160
雨	163
暗夜	164

书信往来

篇名	页码
北国的微音	166
给一位文学青年的公开状	169
海上通信	174
一封信	179

青春之梦

麦已经长得有好几尺高了,麦田里的桑树,
也都发出了绒样的叶芽。
晴天里舒叔叔的一声飞鸣过去的,是老鹰在觅食;
树枝头叽叽喳喳,似在打架又像是在谈天的,大半是麻雀之类.
远处的竹林丛里,既有抑扬,又带余韵,
在那里歌唱的,才是深山的画眉。

我的梦，我的青春！

——自传之二

不晓得是在哪一本俄国作家的作品里，曾经看到过一段写一个小村落的文字，他说："譬如有许多纸折起来的房子，摆在一段高的地方，被大风一吹，这些房子就歪歪斜斜地飞落到了谷里，紧挤在一道了。"前面有一条富春江绕着，东西北的三面尽是些小山包住的富阳县城，也的确可以借了这一段文字来形容。

虽则是一个行政中心的县城，可是人家不满三千，商店不过百数；一般居民，全不晓得做什么手工业，或其他新式的生产事业，所靠以度日的，有几家自然是祖遗的一点田产，有几家则专以小房子出租，在吃两元三元一月的租金；而大多数的百姓，却还是既无恒产，又无恒业，没有目的，没有计划，只同蟑螂似地在那里出生，死亡，繁殖下去。

这些蟑螂的密集之区，总不外乎两处地方：一处是三个铜子一碗的茶店，一处是六个铜子一碗的小酒馆。他们在那里从早晨坐起，一直可以坐到晚上上排门的时候；讨论柴米油盐的价格，传播东邻西舍的新闻，为了一点不相干的细事，譬如说罢，甲以为李德泰的煤油只卖三个铜子一提，乙以为是五个铜子两提的话，双方就会得争论起来；此外的人，也马上分成甲党或乙党提出证据，互相论辩；弄到后来，也许相打起来，打得头破血流，还不能够解决。

因此，在这么小的一个县城里，茶店酒馆，竟也有五六十家之多；于是大部分的蟑螂，就家里可以不备面盆手巾，桌椅板凳，饭锅碗筷等日常用具，而悠悠地生活过去了。离我们家里不远的大江边上，就有这样的两处蟑螂之窟。

在我们的左面，住有一家砍砍柴，卖卖菜，人家死人或娶亲，去帮帮忙跑跑腿的人家。他们的一族，男女老小的人数很多很多，而住的那一间屋，却只比牛栏马槽大了一点。他们家里的顶小的一位苗裔年纪比我大一岁，名字叫阿千，冬天穿的是同伞似的一堆破絮,夏天,大半身是光光地裸着的;因而皮肤黝黑,臂膀粗大,脸上也像是出生落地之后,只洗了一次的样子。他虽只比我大了一岁,但是跟了他们屋里的大人,茶店酒馆日日去上,婚丧的人家,也老在进出;打起架吵起嘴来,尤其勇猛。我每天见他从我们的门口走过,心里老在羡慕,以为他又上茶店酒馆去了,我要到什么时候,才可以同他一样的和大人去夹在一道呢?而他的出去和回来,不管是在清早或深夜,我总没有一次不注意到的,因为他的喉音很大,有时候一边走着,一边在绝叫着和大人谈天,若只他一个人的时候哩,总在噜苏地唱戏。

当一天的工作完了,他跟了他们家里的大人,一道上酒店去的时候,看见我欣羡地立在门口,他原也曾邀约过我;但一则怕母亲要骂,二则胆子终于太小,经不起那些大人的盘问笑说,我总是微笑着摇摇头,就跑进屋里去躲开了,为的是上茶酒店去的诱感性,实在强不过。

有一天春天的早晨,母亲上父亲的坟头去扫墓去了,祖母也一清早上了一座远在三四里路外的庙里去念佛。翠花在灶下收拾早餐的碗筷,我只一个人立在门口,看有淡云浮着的青天。忽而阿千唱着戏,背着钩刀和小扁担绳索之类,从他的家里出来,看了我的那种没精打采的神气,他就立了下来和我谈天,并且说:

"鹳山后面的盘龙山上,映山红开得多着哩;并且还有乌米饭(是一种小黑果子),彤管子(也是一种刺果),刺莓等等,你跟了我来罢,我可以采一大堆给你。你们奶奶,不也在北面山脚下的真觉寺里念佛么?等我砍好了柴,我就可以送你上寺里去吃饭去。"

阿千本来是我所崇拜的英雄,而这一回又只有他一个人去砍柴,天气那么的好,今天清早祖母出去念佛的时候,我本是嚷着要同去的,但她因为怕我走不动,就把我留下了。现在一听到了这一个提议,自然是心里急跳了起来,两只脚便也很轻松地跟他出发了,并且还只怕翠花要出来阻挠,跑路跑得比平时只有得快些。出了弄堂,向东沿着江,一口气跑出了县城之后,天地宽广起来了,我的对于这一次冒险的惊惧之心就马上被大自然的威力所压倒。这样问问,那样谈谈,阿千真像是一部小小的自然界的百科大辞典,而到盘龙山脚去的一段野路,便成了我最初学自然科学的模范小课本。

麦已经长得有好几尺高了，麦田里的桑树，也都发出了绒样的叶芽。晴天里倏地一声飞鸣过去的，是老鹰在觅食；树枝头叽叽喳喳，似在打架又像是在谈天的，大半是麻雀之类；远处的竹林丛里，既有抑扬，又带余韵，在那里歌唱的，才是深山的画眉。

上山的路旁，一拳一拳像小孩子的拳头似的小草，长得很多；拳的左右上下，满长着了些绛黄的绒毛，仿佛是野生的虫类，我起初看了，只在害怕，走路的时候，若遇到一丛，总要绕一个弯，让开它们，但阿千却笑起来了，他说：

"这是薇蕨，摘了去，把下面的粗干切了，炒起来吃，味道是很好的哩！"

渐走渐高了，山上的青红杂色，迷乱了我的眼目。日光直射在山坡上，从草木泥土里蒸发出来的一种气息，使我呼吸感到了困难；阿千也走得热起来了，把他的一件破夹袄一脱，丢向了地下。教我在一块大石上坐下歇着，他一个人穿了一件小衫唱着戏去砍柴采野果去了；我回身立在石上，向大江一看，又深深地深深地得到了一种新的惊异。

这世界真大呀！那宽广的水面！那澄碧的天空！那些上下的船只，究竟是从哪里来，上哪里去的呢？

我一个人立在半山的大石上，近看看有一层阳光在颤动着的绿野桑田，远看看天和水以及淡淡的青山，渐听得阿千的唱戏声音幽下去远下去了，心里就莫名其妙的起了一种渴望与愁思。我要到什么时候才能大起来呢？我要到什么时候才可以到这像在天边似的远处去呢？到了天边，那么我的家呢？我的家里的人呢？同时感到了对远处的遥念与对乡井的离愁，眼角里便自然而然地涌出了热泪。到后来，脑子也昏乱了，眼睛也模糊了，我只呆呆的立在那块大石上的太阳里做幻梦。我梦见有一只揩擦得很洁净的船，船上面张着了一面很大很饱满的白帆，我和祖母、母亲、翠花、阿千等都在船上，吃着东西，唱着戏，顺流下去，到了一处不相识的地方。我又梦见城里的茶店酒馆，都搬上山来了，我和阿千便在这山上的酒馆里大喝大嚷，旁边的许多大人，都在那里惊奇仰视。

这一种接连不断的白日之梦，不知做了多少时候，阿千却背了一捆小小的草柴，和一包刺莓、映山红、乌米饭之类的野果，回到我立在那里的大石边来了；他脱下了小衫，光着了脊肋，那些野果就系包在他的小衫里面了。

他提议说，时候不早了，他还要砍一捆柴，且让我们吃着野果，先从山腰走向后山去罢，因为前山的草柴，已经被人砍完，第二捆不容易采刮拢来了。

慢慢地走到了山后，山下的那个真觉寺的钟鼓声音，早就从春空里传送到了我们的耳边，并且一条青烟，也刚从寺后的厨房里透出了屋顶。向寺里看了一眼，阿千就放下了那捆柴，对我说：

"他们在烧中饭了，大约离吃饭的时候也不很远，我还是先送你到寺里去吧！"

我们到了寺里，祖母和许多同伴者的念佛婆婆，都睁大了眼睛，惊异了起来。阿千走后，她们就开始问我这一次冒险的经过，我也感到了一种得意，将如何出城，如何和阿千上山采集野果的情形，说得格外的详细。后来坐上桌去吃饭的时候，有一位老婆婆问我："你大了，打算去做些什么？"我就毫不迟疑地回答她说："我愿意去砍柴！"

故乡的茶店酒馆，到现在还在风行热闹，而这一位茶店酒馆里的小英雄，初次带我上山去冒险的阿千，却在一年涨大水的时候，喝醉了酒，淹死了。他们的家族，也一个个地死的死，散的散，现在没有生存者了；他们的那一座牛栏似的房屋，已经换过了两三个主人。时间是不饶人的，盛衰起灭也是绝对地无常的：阿千之死，同时也带去了我的梦，我的青春！

书塾与学堂

——自传之三

从前我们学英文的时候，中国自己还没有教科书，用的是一册英国人编了预备给印度人读的同纳氏文法是一路的读本。这读本里，有一篇说中国人读书的故事。插画中画着一位年老背曲拿烟管戴眼镜拖辫子的老先生坐在那里听学生背书，立在这先生前面背书的，也是一位拖着长辫的小后生。不晓为什么原因，这一课的故事，对我印象特别的深，到现在我还约略谙诵得出来。里面曾说到中国人读书的奇习，说："他们无论读书背书时，总要把身体东摇西扫，摇动得像一个自鸣钟的摆。"这一种读书背书时摇摆身体的作用与快乐，大约是没有在从前的中国书塾里读过书的人所永不能了解的。

我的初上书塾去念书的年龄，却说不清楚了，大约总在七八岁的样子；只记得有一年冬天的深夜，在烧年纸的时候，我已经有点蒙眬想睡了，尽在擦眼睛，打呵欠，忽而门外来了一位提着灯笼的老先生，说是来替我开笔的。我跟着他上了香，对孔子的神位行了三跪九叩之礼；立起来就在香案前面的一张桌上写了一张上大人的红字，念了四句"人之初，性本善"的《三字经》。第二年的春天，我就夹着绿布书包，拖着红丝小辫，摇摆着身体，成了那册英文读本里的小学生的样子了。

经过了三十余年的岁月，把当时的苦痛，一层层地摩擦干净，现在回想起来，这书塾里的生活，实在是快活得很。因为要早晨坐起一直坐到晚的缘故，可以助消化，健身体的运动，自然只有身体的死劲摇摆与放大喉咙的高叫了。大小便，是学生们监禁中暂时的解放，故而厕所就变作了乐园。我们同学中间的一位最淘气的，是学官陈老师的儿子，名叫陈方；书塾就系附设在学宫里面。陈方每天早晨，总要大小便十二三次，后来弄得先生没法，就设下了一支令签，凡须出塾上厕所的人，一定要持签而出；于是两人同去，在厕所里捣鬼的弊端革去了，但这令签的争夺，又成了一般学生们的唯一的娱乐。

陈方比我大四岁，是书塾里的头脑；像春香闹学似的把戏，总是由他发起，由许多虾兵蟹将来演出的，因而先生的挞伐，也以落在他一个人的头上者居多。不过同学中间的有几位狡猾的人，委过于他，使他冤枉被打的事情也着实不少；他明知道辩不清的，每次替人受过之后，总只张大了两眼，滴落几滴大泪点，摸摸头上的痛处就了事。我后来进了当时由书院改建的新式的学堂，而陈方也因他父亲的去职而他迁，一直到现在，还不曾和他有第二次见面的机会；这机会大约是永远也不会再来了。

由书塾而到学堂！这一个转变，在当时的我的心里，比从天上飞到地上，还要来得大而且奇。其中的最奇之处，是我一个人，在全校的学生当中，身体年龄，都属最小的一点。

当时的学堂，是一般人的崇拜和惊异的目标。将书院的旧考棚撤去了几排，一间像鸟笼似的中国式洋房造成功的时候，甚至离城有五六十里路远的乡下人，都成群结队，带了饭包雨伞，走进城来挤看新鲜。在校舍改造成功的半年之中，"洋学堂"的三个字，成了茶店酒馆，乡村城市里的谈话的中心；而穿着奇形怪状的黑斜纹布制服的学堂生，似乎都是万能的张天师，人家也在侧目而视，自家也在暗鸣得意。

县里唯一的县立高等小学堂的堂长，更是了不得的一位大人物，进进出出，用的是蓝呢小轿；知县请客，总少不了他。每月第四个礼拜六下午作文课的时候，县官若来监课，学生们特别有两个肉馒头好吃；有些住在离城十余里的乡下的学生，于作文课完后回家的包裹里，往往将这两个肉馒头包得好好，带回乡下去送给邻里尊长，并非想学颖考叔的纯孝，却因为这肉馒头是学堂里的东西，而又出于知县官之所赐，吃了是可以驱邪启智的。

实际上我的那一班学堂里的同学，确有几位是进过学的秀才，年龄都在三十左右；他们穿起制服来，因为背形微驼，样子有点不大雅观，但穿了袍子马褂，摇摇摆摆走回乡下去的态度，却另有着一种堂皇严肃的威仪。

初进县立高等小学堂的那一年年底，因为我的平均成绩，超出了八十分以上，突然受了堂长和知县的提拔，令我和四位其他的同学跳过了一班，升入了高两年的级里；这一件极平常的事情，在县城里居然也耸动了视听，而在我们的家庭里，却引起了一场很不小的风波。

是第二年春天开学的时候了，我们的那位寡母，辛辛苦苦，调集了几块大洋的学费书籍费缴进学堂去后，我向她又提出了一个无理的要求，硬要她去为我买一双皮鞋来穿。在当时的我的无邪的眼里，觉得在制服下穿上一双皮鞋，挺胸伸脚，得得得得地在石板路上走去，就是世界上最光荣的事情；跳过了一班，升进了一级的我，非要如此打扮，才能够压服许多比我大一半年龄的同学的心。为凑集学费之类,已经罗掘得精光的我那位母亲,自然是再也没有两块大洋的余钱替我去买皮鞋了,不得已就只好老了面皮,带着了我,上大街上的洋广货店里去赊去;当时的皮鞋,是由上海运来,在洋广货店里寄售的。

一家,两家,三家,我跟了母亲,从下街走起,一直走到了上街尽处的那一家隆兴字号。店里的人,看我们进去,先都非常客气,摸摸我的头,一双一双的皮鞋拿出来替我试脚;但一听到了要赊欠的时候,却同样地都白了眼,作一脸苦笑,说要去问账房先生的。而各个账房先生,又都一样地板起了脸,放大了喉咙,说是赊欠不来。到了最后那一家隆兴里,惨遭拒绝赊欠的一瞬间,母亲非但涨红了脸,我看见她的眼睛,也有点红起来了。不得已只好默默地旋转了身,走出了店;我也并无言语,跟在她的后面走回家来。到了家里,她先掀着鼻涕,上楼去了半天;后来终于带了一大包衣服,走下楼来了,我晓得她是将从后门走出,上当铺去以衣服抵押现钱的;这时候,我心酸极了,哭着喊着。赶上了后门边把她拖住,就绝命的叫说:

"娘,娘!您别去罢!我不要了,我不要皮鞋穿了!那些店家!那些可恶的店家!"

我拖住了她跪向了地下,她也呜呜地放声哭了起来。两人的对泣,惊动了四邻,大家都以为是我得罪了母亲,走拢来相劝。我愈听愈觉得悲哀,母亲也愈哭愈是厉害,结果还是我重赔了不是,由间壁的大伯伯带走,走上了他们的家里。

自从这一次的风波以后,我非但皮鞋不着,就是衣服用具,都不想用新的了。拼命的读书,拼命的和同学中的贫苦者相往来,对有钱的人,经商的人仇视等,也是从这时候而起的。当时虽还只有十一二岁的我,经了这一番波折,居然有起老成人的样子来了,直到现在,觉得这一种怪僻的性格,还是改不转来。

到了我十三岁的那一年冬天,是光绪三十四年,皇帝死了;小小的这富阳县里,也来了哀诏,发生了许多议论。熊成基的安徽起义,无知幼弱的溥仪的入嗣,帝室的荒淫,种族的歧异等等,都从几位看报的教员的口里,传入了我们的耳朵。而对于我印象最深的,是一位国文教员拿给我们看的报纸上的一张青年军官的半身肖像。他说,这一位革命义士,在哈尔滨被捕,在吉林被清朝的大员及汉族的卖国奴等生生地杀掉了；我们要复仇，我们要努力用功。所谓种族，所谓革命，所谓国家等等的概念，到这时候，才隐约地在我脑里生了一点儿根。

水样的春愁

——自传之四

洋学堂里的特殊科目之一，自然是咿利哇啦的英文。现在回想起来，虽不免有点觉得好笑，但在当时，杂在各年长的同学当中，和他们一样地曲着背，耸着肩，摇摆着身体，用了读《古文辞类纂》的腔调，高声朗诵着皮衣啤，皮哀排的精神，却真是一点儿含糊苟且之处都没有的。初学会写字母之后，大家所急于想一试的，是自己的名字的外国写法；于是教英文的先生，在课余之暇就又多了一门专为学生拼英文名字的工作。有几位想走捷径的同学，并且还去问过先生，外国《百家姓》和外国《三字经》有没有得买的？先生笑着回答说，外国《百家姓》和《三字经》，就只有你们在读的那一本泼剌玛的时候，同学们于失望之余，反更是皮哀排，皮衣啤地叫得起劲。当然是不用说的，学英文还没有到一个礼拜，几本当教科书用的《十三经注疏》《御批通鉴辑览》的黄封面上，大家都各自用墨水笔题上了英文拼的歪斜的名字。又进一步，便是用了异样的发音，操英文说着"你是一只狗""我是你的父亲"之类的话，大家互讨便宜的混战；而实际上，有几位乡下的同学，却已经真的是两三个小孩子的父亲了。

因为一班之中，我的年龄算最小，所以自修室里，当监课的先生走后，另外的同学们在密语着哄笑着的关于男女的问题，我简直一点儿也感不到兴趣。从性知识发育落后的一点上说，我却不得不承认自己是一个最低能的人。又因自小就习于孤独，困于家境的结果，怕羞的心，畏缩的性，更使我的胆量，变得异常的小。在课堂上，坐在我左边的一位同学，年纪只比我大了一岁，他家里有几位相貌长得和他一样美的姊妹，并且住得也和学堂很近很近。因此，在校里，他就是被同学们苦缠得最厉害的一个；而礼拜天或假日，他的家里，就成了同学们的聚集的地方。当课余之暇，或放假期里，他原也恳切地邀过我几次，邀我上他家里去玩去；但形秽之感，终于把我的向往之心压住，曾有好几次想决心跟了他上他家去，可是到了他们的门口，却又同罪犯似的逃了。他以他的美貌，以他的财富和姊妹，不但在学堂里博得了绝大的声势，就是在我们那小小的县城里，也赢得了一般的好誉。而尤其使我羡慕的，是他的那一种对同我们是同年辈的异性们的周旋才略，当时我们县城里的几位相貌比较艳丽一点的女性，个个是和他要好的，但他也实在真胆大，真会取巧。

当时同我们是同年辈的女性，装饰入时，态度豁达，为大家所称道的，有三个。一个是一位在上海开店，富甲一邑的商人赵某的侄女；她住得和我最近。还有两个，也是比较富有的中产人家的女儿，在交通不便的当时，已经各跟了她们家里的亲戚，到杭州上海等地方去跑跑了；她们俩，却都是我那位同学的邻居。这三个女性的门前，当傍晚的时候，或月明的中夜，老有一个一个的黑影在徘徊；这些黑影的当中，有不少是我们的同学。因为每到礼拜一的早晨，没有上课之先，我老听见有同学们在操场上笑说在一道，并且时时还高声地用着英文作了隐语，如"我看见她！""我听见她在读书"之类。而无论在什么地方于什么时候的凡关于这一类的谈话的中心人物，总是课堂上坐在我的左边，年龄只比我大一岁的那一位天之骄子。

赵家的那位少女，皮色实在细白不过，脸形是瓜子脸；更因为她家里有了几个钱，而又时常上上海她叔父那里去走动的缘故，衣服式样的新异，自然可以不必说，就是做衣服的材料之类，也都是当时未开通的我们所不曾见过的。她们家里，只有一位寡母和一个年轻的女仆，而住的房子却很大很大。门前是一排柳树，柳树下还杂种着些鲜花；对面的一带红墙，是学宫的泮水围墙，泮池上的大树，枝叶垂到了墙外，红绿便映成着一色。当浓春将过，首夏初来的春三四月，脚踏着日光下石砌路上的树影，手捉着扑面飞舞的杨花，到这一条路上去走走，就是没有什么另外的奢望，也很有点像梦里的游行，更何况楼头窗里，时常会有那一张少女的粉脸出来向你抛一眼两眼的低眉斜视呢！

此外的两个女性，相貌更是完整，衣饰也尽够美丽，并且因为她俩的住址接近，出来总在一道，平时在家，也老在一处，所以胆子也大，认识的人也多。她们在二十余年前的当时,已经是开放得很,有点像现代的自由女子了,因而上她们家里去鬼混,或到她们门前去守望的青年,数目特别的多,种类也自然要杂。

我虽则胆量很小,性知识完全没有,并且也有点过分的矜持,以为成日地和女孩子们混在一道,是读书人的大耻,是没出息的行为;但到底还是一个亚当的后裔,喉头的苹果,怎么也吐它不出咽它不下,同北方厚雪地下的细草萌芽一样,到得冬来,自然也难免得有些望春之意;老实说将出来,我偶尔在路上遇见她们中间的无论哪一个,或凑巧在她们门前走过一次的时候,心里也着实有点儿难受。

住在我那同学邻近的两位,因为距离的关系,更因为她们的处世知识比我长进,人生经验比我老成得多,和我那位同学当然是早已有过纠葛,就是和许多不是学生的青年男子,也各已有了种种的风说,对于我虽像是一种含有毒汁的妖艳的花,诱惑性或许格外的强烈,但明知我自己绝不是她们的对手,平时不过于遇见的时候有点难为情的样子,此外倒也没有什么了不得的思慕,可是那一位赵家的少女,却整整地恼乱了我两年的童心。

我和她的住处比较得近,故而三日两头,总有着见面的机会。见面的时候,她或许是无心,只同对于其他的同年辈的男孩子打招呼一样,对我微笑一下,点一点头,但在我却感得同犯了大罪被人发觉了的样子,和她见面一次,马上要变得头昏耳热,胸腔里的一颗心突突地总有半个钟头好跳。因此,我上学去或下课回来,以及平时在家或出外去的时候,总无时无刻不在留心,想避去和她的相见。但遇到了她,等她走过去后,或用功用得很疲乏把眼睛从书本子举起的一瞬间,心里又老在盼望,盼望着她再来一次,再上我的眼面前来立着对我微笑一脸。

有时候从家中进出的人的口里传来,听说:"她和她母亲又上上海去了,不知要什么时候回来?"我心里会同时感到一种如释重负又像失去了什么似的忧虑,生怕她从此一去,将永久地不回来了。

同芭蕉叶似的重重包裹着的我这一颗无邪的心,不知在什么地方,透露了消息,终于被课堂上坐在我左边的那位同学看穿了。一个礼拜六的下午,落课之后,他轻轻地拉着了我的手对我说:"今天下午,赵家的那个小丫头,要上倩儿家去,你愿不愿意和我同去一道玩儿?"这里所说的倩儿,就是那两位他邻居的女孩子之中的一个的名字。我听了他的这一句密语,立时就涨红了脸,喘急了气,嗫嚅

郁达夫 散文

着说不出一句话来回答他,尽在拼命的摇头,表示我不愿意去,同时眼睛里也水汪汪地想哭出来的样子;而他却似乎已经看破了我的隐衷,得着了我的同意似的用强力把我拖出了校门。

到了倩儿她们的门口,当然又是一番争执,但经他大声的一喊,门里的三个女孩,却同时笑着跑出来了;已经到了她们的面前,我也没有什么别的办法了,自然只好俯着首,红着脸,同被绑赴刑场的死刑囚似的跟她们到了室内。经我那位同学带了滑稽的声调将如何把我拖来的情节说了一遍之后,她们接着就是一阵大笑。我心里有点气起来了,以为她们和他在侮辱我,所以于羞愧之上,又加了一层怒意。但是奇怪得很,两只脚却软落来了,心里虽在想一溜跑走,而腿神经终于不听命令。跟她们再到客房里去坐下,看他们四人捏起了骨牌,我连想跑的心思也早已忘掉,坐将在我那位同学的背后,眼睛虽则时时在注视着牌,但间或得着机会,也着实向她们的脸部偷看了许多次数。等她们的输赢赌完,一餐东道的夜饭吃过,我也居然和她们伴熟,有说有笑了。临走的时候,倩儿的母亲还派了我一个差使,点上灯笼,要我把赵家的女孩送回家去。自从这一回后,我也居然入了我那同学的伙,不时上赵家和另外的两女孩家去进出了;可是生来胆小,又加以毕业考试的将次到来,我和她们的来往,终没有像我那位同学似的繁密。

正当我十四岁的那一年春天(1909 年,宣统元年己酉),是旧历正月十三的晚上,学堂里于白天给了我以毕业文凭及增生执照之后,就在大厅上摆起了五桌送别毕业生的酒宴。这一晚的月亮好得很,天气也温暖得像二三月的样子。满城的爆竹,是在庆祝新年的上灯佳节,我于喝了几杯酒后,心里也感到了一种不能抑制的欢欣。出了校门,踏着月亮,我的双脚,便自然而然地走向了赵家。她们的女仆陪她母亲上街去买蜡烛水果等过元宵的物品去了,推门进去,我只见她一个人拖着了一条长长的辫子,坐在大厅上的桌子边上洋灯底下练习写字。听见了我的脚步声音,她头也不朝转来,只曼声地问了一声:"是谁?"我故意屏着声,提着脚,轻轻地走上了她的背后,一使劲一口就把她面前的那盏洋灯吹灭了。月光如潮水似的浸满了这一座朝南的大厅,她于一声高叫之后,马上就把头朝这转来。我在月光里看见了她那张大理石似的嫩脸,和黑水晶似的眼睛,觉得怎么也熬忍不住了,顺势就伸出了两只手去,捏住了她的手臂。两人的中间,她也不发一语，我也并无一言，她是扭转了身坐着，我是向她立着的。她只微笑着看看我看看月亮，我也只微笑着看看她看看中庭的空处，虽然此处的动作，轻薄的邪念，明显的表示，一点儿也没有，但不晓怎样一股满足，深沉，陶醉的感觉，竟同四周的月光一样，包满了我的全身。

两人这样的在月光里沉默着相对，不知过了多久，终于她轻轻地开始说话了："今晚上你在喝酒？""是的，是在学堂里喝的。"到这里我才放开了两手，向她边上的一张椅子里坐了下去。"明天你就要上杭州去考中学去么？"停了一会儿，她又轻轻地问了一声。"嗳，是的，明朝坐快班船去。"两人又沉默着，不知坐了几多时候，忽听见门外头她母亲和女仆说话的声音渐渐儿的近了，她于是就忙着立起来擦洋火，点上了洋灯。

她母亲进到了厅上，放下了买来的物品，先向我说了些道贺的话，我也告诉了她，明天将离开故乡到杭州去；谈不上半点钟的闲话，我就匆匆告辞出来了。在柳树影里披了月光走回家来，我一边回味着刚才在月光里和她两人相对时的沉醉似的恍惚，一边在心的底里，忽儿又感到了一点极淡极淡，同水一样的春愁。

饮食男女在福州

福州的食品，向来就很为外省人所赏识；前十余年在北平，说起私家的厨子，我们总同声一致的赞成刘崧生先生和林宗孟先生家里的蔬菜的可口。当时宣武门外的忠信堂正在流行，而这忠信堂的主人，就系旧日刘家的厨子，曾经做过清室的御厨房的。上海的小有天以及现在早已歇业了的消闲别墅，在粤菜还没有征服上海之先，也曾盛行过一时。面食里的伊府面，听说还是汀州伊墨卿太守的创作；太守住扬州日久，与袁子才也时相往来，可惜他没有像随园老人那么的好事，留下一本食谱来，教给我们以烹调之法；否则，这一个福建萨伐郎（Savarin）的荣誉，也早就可以驰名海外了。

福建菜的所以会这样著名，而实际上却也实在是丰盛不过的原因，第一，当然是由于天然物产的富足。福建全省，东南并海，西北多山，所以山珍海味，一例的都贱如泥沙。听说沿海的居民，不必忧虑饥饿，大海潮回，只消上海滨去走走，就可以拾一篮海货来充作食品。又加以地气温暖，土质腴厚，森林蔬菜，随处都可以培植，随时都可以采撷。一年四季。笋类菜类，常是不断；野菜的味道，吃起来又比别处的来得鲜甜。福建既有了这样丰富的天产，再加上以在外省各地游宦营商者的数目的众多，作料采从本地，烹制学自外方，五味调和，百珍并列，于是乎闽菜之名，就宣传在饕餮家的口上了。清初周亮工著的《闽小纪》两卷，记述食品处独多，按理原也是应该的。

福州海味，在春三二月间，最流行而最肥美的，要算来自长乐的蚌肉，与海滨一带多有的蛎房。《闽小纪》里所说的西施舌，不知是否指蚌肉而言；色白而腴，味脆且鲜，以鸡汤煮得适宜，长圆的蚌肉，实在是色香味俱佳的神品。听说从前有一位海军当局者，老母病剧，颇思乡味；远在千里外，欲得一蚌肉，以解死前一刻的渴慕，部长纯孝，就以飞机运蚌肉至都。从这一件轶事看来，也可想见这蚌肉的风味了；我这一回赶上福州，正及蚌肉上市的时候，所以红烧白煮，吃尽了几百个蚌，总算也是此生的豪举，特笔记此，聊志口福。

蛎房并不是福州独有的特产，但福建的蛎房，却比江浙沿海一带所产的，特别的肥嫩清洁。正二三月间，沿路的摊头店里，到处都堆满着这淡蓝色的水包肉；价钱的廉，味道的鲜，比到东坡在岭南所贪食的蚝，当然只会得超过。可惜苏公不曾到闽海去谪居，否则，阳羡之田，可以不买，苏氏子孙，或将永寓在三山二塔之下，也说不定。福州人叫蛎房做"地衣"略带"挨"字的尾声，写起字来，我想只有"坻"字，可以当得。

在清初的时候，江瑶柱似乎还没有现在那么的通行，所以周亮工再三的称道，誉为逸品。在目下的福州，江瑶柱却并没有人提起了，鱼翅席上，缺少不得的，倒是一种类似宁波横脚蟹的鲟蟹，福州叫做"新恩"，《闽小纪》里所说的虎蟳，大约就是此物。据福州人说，蟳肉最滋补，也最容易消化，所以产妇病人以及体弱的人，往往爱吃。但由对蟹类素无好感的我看来，却仍赞成周亮工之言，终觉得质粗味劣，远不及蚌与蛎房或香螺的来得干脆。

福州海味的种类，除上述的三种以外，原也很多很多；但是别地方也有，我们平常在上海也常常吃得到的东西，记下来也没有什么价值，所以不说。至于与海味相对的山珍哩，却更是可以干制，可以输出的东西，益发的没有记述的必要了，所以在这里只想说一说叫做肉燕的那一种奇异的包皮。

初到福州，打从大街小巷里走过，看见好些店家，都有一个大砧头摆在店中；一两位壮强的男子，拿了木锥，只在对着砧上的一大块猪肉，一下一下的死劲地敲。把猪肉这样的乱敲乱打，究竟算什么回事？我每次看见，总觉得奇怪；后来向福州的朋友一打听，才知道这就是制肉燕的原料了。所谓肉燕者，就是将猪肉打得粉烂，和入面粉，然后再制成皮子，如包馄饨的外皮一样，用以来包制菜蔬的东西。听说这物事在福建，也只是福州独有的特产。

福州食品的味道，大抵重糖；有几家真正福州馆子里烧出来的鸡鸭四件，简直是同蜜饯的罐头一样，不杂入一粒盐花。因此福州人的牙齿，十人九坏。有一次去看三赛乐的闽剧，看见台上演戏的人，个个都是满口金黄；回头更向左右的观众一看，妇女子的嘴里也大半镶着全副的金色牙齿。于是天黄黄，地黄黄，弄得我这一向就痛恨金牙齿的偏执狂者，几乎想放声大哭，以为福州人故意在和我捣乱。

将这些脱嫌糖重的食味除起，若论到酒，则福州的那一种土黄酒，也还勉强可以喝得。周亮工所记的玉带春、梨花白、蓝家酒，碧霞酒、莲须白、河清、双夹、西施红、状元红等，我都不曾喝过，所以不敢品评。只有会城各处在卖的鸡老（酪）酒，颜色却和绍酒一样的红似琥珀，味道略苦，喝多了觉得头痛。听说这是以一生鸡，悬之酒中，等鸡肉鸡骨都化了后，然后开坛饮用的酒，自然也是越陈越好。福州酒店外面，都写酒库两字，发卖叫发扛，也是新奇得很的名称。以红糟酿的甜酒，味还有点像上海的甜白酒，不过颜色桃红，当是西施红等名目出处的由来。莆田的荔枝酒，颜色深红带黑，味甘甜如西班牙的宝德红葡萄，虽则名贵，但我却终不喜欢。福州一般宴客，喝的总还是绍兴花雕，价钱极贵，斤量又不足，而酒味也淡似沪杭各地，我觉得建庄终究不及京庄。

福州的水果花木，终年不断；橙柑，福橘、佛手、荔枝、龙眼、甘蔗、香蕉，以及茉莉、兰花、橄榄等等，都是全国闻名的品物；好事者且各有谱牒之著，我在这里，自然可以不说。

闽茶半出武夷，就是不是武夷之产，也往往借这名山为号召。铁罗汉，铁观音的两种，为茶中柳下惠，非红非绿，略带赭色；酒醉之后，喝它三杯两盏，头脑倒真能清醒一下。其他若龙团玉乳，大约名目总也不少，我不恋茶娇，终是俗客，深恐品评失当，贻笑大方，在这里只好轻轻放过。

从《闽小纪》中的记载看来，番薯似乎还是福建人开始从南洋运来的代食品；其后因种植的便利，食味的甘美，就流传到内地去了；这植物传播到中国来的时代，只在三百年前，是明末清初的时候，因亮工所记如此，不晓得究竟是否确实。不过福建的米麦，向来就说不足，现在也须仰给于外省或台湾，但田稻倒又可以一年两植。而福州正式的酒席，大抵总不吃饭散场，因为菜太丰盛了，吃到后来，总已个个饱满，用不着再以饭颗来充腹之故。

外食处的有名处所，城内为树春园、南轩、河上酒家、可然亭等。味和小吃，亦佳且廉；仓前的鸭面，南门兜的素菜与牛肉馆，鼓楼西的水饺子铺，都是各有长处的小吃处；久吃了自然不对，偶尔去一试，倒也别有风味。城外在南台的西菜馆，有嘉宾、西宴台、法大、西来，以及前临闽江，内设戏台的广聚楼等。洪山桥畔的义心楼，以吃形同比目鱼的贴沙鱼著名；仓前山的快乐林，以吃小盘西洋菜见称，这些当然又是菜馆中的别调。至如我所寄寓的青年会食堂，地方清洁宽广，中西菜也可以吃吃，只是不同耶稣的飨宴十二门徒一样，不许顾客醉饮葡萄酒浆，所以正式请客，大感不便。

此外则福建特有的温泉浴场，如汤门外的百合、福龙泉，飞机场的乐天泉等，也备有饮馔供客；浴客往往在这些浴场里可以鬼混一天，不必出外去买酒买食，却也便利。从前听说更可以在个人池内男女同浴，则饮食男女，就不必分求，一举竟可以两得了。

要说福州的女子，先得说一说福建的人种。大约福建土著的最初老百姓，为南洋近边的海岛人种；所以面貌习俗，与日本的九州一带，有点相像。其后汉族南下，与这些土人杂婚，就成了无诸种族，系在春秋战国，吴越争霸之后。到得唐朝，大兵入境；相传当时曾杀尽了福建的男子，只留下女人，以配光身的兵士；故而直至现在，福州人还呼丈夫为"唐晡人"，晡者系日暮袭来的意思，同时女人的"诸娘仔"之名，也出来了。还有现在东门外北门外的许多工女农妇，头上仍戴着三把银刀似的簪为发饰，俗称她们作三把刀，据说犹是当时的遗制。因为她们的父亲丈夫儿子，都被外来的征服者杀了；她们誓死不肯从敌，故而时时带着三把刀在身边，预备复仇。只今台湾的福建籍妓女，听说也是一样；亡国到了现在，也已经有好多年了，而她们却仍不肯与日本的嫖客同宿。若有人破此旧习，而与日本嫖客同宿一宵者，同人中就视作禽兽，耻不与伍，这又是多么悲壮的一幕惨剧！谁说犹唱后庭花处，商女都不知家国的兴亡哩！试看汉奸到处卖国，而妓女乃不肯辱身，其间相去，又岂只泾渭的不同？这一种古代的人种，与唐人杂婚之后，一部分不完全唐化，仍保留着他们固有的生活习惯，宗教仪式的，就是现在仍旧退居在北门外万山深处的畲民。此外的一族，以水上为家，明清以后，一向被视为贱民，不时受汉人的蹂躏的，相传其祖先系蒙古人，自元亡后，遂贬为疍户，俗呼科蹄。科蹄实为曲蹄之别音，因他们常常屈膝盘坐在船舱之内，两脚弯曲，故有此称。串通倭寇，骚扰沿海一带的居民，古时在泉州叫做泉郎的，就是这一种人种的旁支。

因为福州人种的血统，有这种种的沿革，所以福建人的面貌，和一般中原的汉族，有点两样。大致广颡深眼，鼻子与颧骨高突，两颊深陷成窝，下颚部也稍稍尖凸向前。这一种面相，生在男人的身上，倒也并不觉得特别；但一生在女人的身上，高突部为嫩白的皮肉所调和，看起来却个个都是线条刻画分明，像是希腊古代的雕塑人形了。福州女子的另一特点，是在她们的皮色的细白。生长在深闺中的宦家小姐，不见天日，白腻原也应该；最奇怪的，却是那些住在城外的工农佣妇，也一例地有着那种嫩白微红，像刚施过脂粉似的皮肤。大约日夕灌溉的温泉浴是一种关系，吃的闽江江水，总也是一种关系。

我们从前没有居住过福建，心目中总以为福建人种，是一种蛮族。后来到了那里，和他们的文化一接触，才晓得他们虽则开化得较迟，但进步得却很快；又因为东南是海港的关系，中西文化的交流，也比中原僻地为频繁，所以闽南的有些都市，简直繁华摩登得可以同上海来争甲乙。及至观察稍深，一移目到了福州的女性，更觉得她们的美的水准，比苏杭的女子要高好几倍；而装饰的入时，身体的康健，比到苏州的小型女子，又得高强数倍都不止。

"天生丽质难自弃"，表露欲，装饰欲，原是女性的特嗜；而福州女子所有的这一种显示本能，似乎比什么地方的人还要强一点。因而天晴气爽，或岁时伏腊，有迎神赛会的关头，南大街，仓前山一带，完全是美妇人披露的画廊。眼睛个个是灵敏深黑的，鼻梁个个是细长高突的，皮肤个个是柔嫩雪白的；此外还要加上以最摩登的衣饰，与来自巴黎纽约的化妆品的香雾与红霞，你说这幅福州晴天午后的全景，美丽不美丽？迷人不迷人？

亦惟此之故，所以也影响到了社会，影响到了风俗。国民经济破产，是全国到处都一样的事实；而这些妇女子们，又大半是不生产的中流以下的阶级。衣食不足，礼义廉耻之凋伤，原是自然的结果，故而在福州住不上几月，就时时有暗娼流行的风说，传到耳边上来。都市集中人口以后，这实在也是一种不可避免而亟待解决的社会大问题。

说及了娼妓，自然不得不说一说福州的官娼。从前邵武诗人张亨甫，曾著过一部《南浦秋波录》，是专记南台一带的烟花韵事的；现在世业凋零，景气全落，这些乐户人家，完全没有旧日的豪奢影子了。福州最上流的官娼，叫作白面处，是同上海长三一样的款式。听几位久住福州的朋友说，白面处近来门可罗雀，早已掉在没落的深渊里了；其次还勉强在维持市面的，是以卖嘴不卖身为标榜的清唱堂，无论何人，只须花三元法币，就能进去听三出戏。就是这一时号称极盛的清唱堂，现在也一家一家的废了业，只剩了田墩的三五家人家。自此以下，则完全是惨无人道的下等娼妓，与野鸡款式的无名密贩了，数目之多，求售之切，到了骇人听闻的地步。至于城内的暗娼，包月妇，零售处之类，只听见公安维持者等谈起过几次，报纸上见到过许多回，内容虽则无从调查，但演绎起来，旁证以社会的萧条，产业的不振，国家的艰难，与夫人口的过剩，总也不难举一反三，晓得她们大概。

总之，福州的饮食男女，虽比别处稍觉得奢侈，而福州的社会状态，比别处也并不见得十分的堕落。说到两性的纵驰，人欲的横流，则与风土气候有关，次热带的境内，自然要比温带寒带为剧烈。而食品的丰富，女子一般姣美与健康，却是我们不曾到过福建的人所意想不到的发现。

漫游神州

忧能伤人,但忧亦能启智;在孤独的悲哀里沉浸了半年,
暑假中重回到故乡的时候,大家都说我长成得像一个大人了。
事实上,因为在学堂里,被怀乡的愁思所苦扰。
我没有别的办法好想,就一味的读书,
　　一味的作诗。

郁达夫 散文

远一程，再远一程！

——自传之五

自富阳到杭州，陆路驿程九十里，水道一百里；三十多年前头，非但汽车路没有，就是钱塘江里的小火轮，也是没有的。那时候到杭州去一趟，乡下人叫做充军，以为杭州是和新疆伊犁一样的远，非犯下流罪，是可以不去的极边。因而到杭州去之前，家里非得供一次祖宗，虔诚祷告一番不可，意思是要祖宗在天之灵，一路上去保护着他们的子孙。而邻里戚串，也总都来送行，吃过夜饭，大家手提着灯笼，排成一字，沿江送到夜航船停泊的埠头，齐叫着："顺风！顺风！"才各回去。摇夜航船的船夫，也必在开船之先，沿江绝叫一阵，说船要开了，然后再上舵艄去烧一堆纸帛，以敬神明，以赂恶鬼。当我去杭州的那一年，交通已经有一点进步了，于夜航船之外，又有了一次日班的快班船。

因为长兄已去日本留学，二兄入了杭州的陆军小学堂，年假是不放的，祖母母亲，又都是女流之故，所以陪我到杭州去考中学的人选，就落到了一位亲戚的老秀才的头上。这一位老秀才的迂腐迷信，实在要令人吃惊，同时也可以令人起敬。他于早餐吃了之后，带着我先上祖宗堂前头去点了香烛，行了跪拜，然后再向我祖母母亲，作了三个长揖，虽在白天，也点起了一盏仁寿堂郁的灯笼，临行之际，还回到祖宗堂面前去拔起了三株柄香和灯笼一道捏在手里。祖母为忧虑着我这一个最小的孙子，也将离乡别井，远去杭州之故，三日前就愁眉不展，不大吃饭不大说话了；母亲送我们到了门口，"一路要……顺风……顺风！……"地说了半句未完的话，就跑回到了屋里去躲藏，因为出远门是要吉利的，眼泪绝不可以叫远行的人看见。

船开了，故乡的城市山川，高低摇晃着渐渐儿退向了后面；本来是满怀着希望,兴高采烈在船舱里坐着的我,到了县城极东面的几家人家也看不见的时候,鼻子里忽而起了一阵酸溜。正在和那老秀才谈起的作诗的话,也只好突然中止了,为遮掩着自己的脆弱起见,我就从网篮里拿出了几册《古唐诗合解》来读。但事不凑巧,信手一翻,恰正翻到了"离家日趋远,衣带日趋缓,心思不能言,肠中车轮转"的几句古歌,书本上的字迹模糊起来了,双颊上自然止不住地流下了两条冷冰冰的眼泪。歪倒了头,靠住了舱板上的一卷铺盖,我只能装作想睡的样子。但是眼睛不闭倒还好些,等眼睛一闭拢来,脑子里反而更猛烈地起了狂飙。我想起了祖母母亲,当我走后的那一种孤冷的情形;我又想起了在故乡城里当这一忽儿的大家的生活起居的样子,在一种每日习熟的周围环境之中,却少了一个"我"了,太阳总依旧在那里晒着,市街上总依旧是那么热闹的;最后,我还想起了赵家的那个女孩,想起了昨晚上和她在月光里相对的那一刻的春宵。少年的悲哀,毕竟是易消的春雪;我躺下身体,闭上眼睛,流了许多暗泪之后,弄假成真,果然不久就呼呼地熟睡了过去。等那位老秀才摇我醒来,叫我吃饭的时候,船却早已过了渔山,就快入钱塘的境界了。几个钟头的安睡,一顿饱饭的快哒,和船篷外的山水景色的变换,把我满抱的离愁,洗涤得干干净净;在厚实的风帆下引领远望着杭州的高山,和老秀才谈谈将来的日子,我心里又鼓起了一腔勇进的热意:"杭州在望了,以后就是不可限量的远大的前程!"

当时的中学堂的入学考试,比到现在,着实还要容易;我考的杭府中学,还算是杭州三个中学——其他的两个,是宗文和安定——之中,最难考的一个,但一篇中文,两三句英文的翻译,以及四题数学,只教有两小时的工夫,就可以交卷了事的。等待发榜之前的几日闲暇,自然落得去游游山玩玩水,杭州自古是佳丽的名区,而西湖又是可以比得西子的销魂之窟。

三十年来,杭州的景物,也大变了;现在回想起来,觉得旧日的杭州,实在比现在,还要可爱得多。

那时候,自钱塘门里起,一直到涌金门内止,城西的一角,是另有一道雉墙围着的,为满人留守绿营兵驻防的地方,叫作旗营;平常是不大有人进去,大约门禁总也是很森严的无疑,因为将军以下,千总把总以上,参将,都司,游击,守备之类的将官,都住在里头,游湖的人,只有坐了轿子,出钱塘门,或到涌金门外去船的两条路;所以涌金门外临湖的颐园三雅园的几家茶馆,生意兴隆,座客常常挤满。而三雅园的陈设,实在也精雅绝伦,四时有鲜花的摆设,墙上门上,各有咏西湖的诗词屏幅联语等贴的贴挂的挂在那里。并且还有小吃,像煮空的豆腐干,白莲藕粉等,又是价廉物美的消闲食品。其次为游人所必到的,是城隍山了。四景园的生意,有时候比三雅园还要热闹,"城隍山上去吃酥油饼"这一句俗话,当时是无人不晓得的一句隐语,是说乡下人上大菜馆要做洋盘的意思。而酥油饼的价钱的贵,味道的好,和吃不饱的几种特性,也是尽人皆知的事实。

　　我从乡下初到杭州,而又同大观园里的香菱似的刚在私私地学做诗词,一见了这一区假山盆景似的湖山,自然快活极了;日日和那位老秀才及第二位哥哥喝喝茶,爬爬山,等到榜发之后,要交学膳费进去的时候,带来的几个读书资本,却早已消费了许多,有点不足了。在人地生疏的杭州,借是当然借不到的;二哥哥的陆军小学里每月只有二元也不知三元钱的津贴,自己做零用,还很勉强,更哪里有余钱来为我弥补?

　　在旅馆里唉声叹气,自怨自艾,正想废学回家,另寻出路的时候,恰巧和我同班毕业的三位同学,也从富阳到杭州来了;他们是因为杭府中学难考,并且费用也贵,预备一道上学膳费比较便宜的嘉兴去进府中的。大家会聚拢来一谈一算,觉着我手头所有的钱,在杭州果然不够读半年书,但若上嘉兴去,则连来回的车费也算在内,足可以维持半年而有余。穷极计生,胆子也放大了,当日我就决定和他们一道上嘉兴去读书。

　　第二天早晨,别了哥哥,别了那位老秀才,和同学们一起四个,便上了火车,向东的上离家更远的嘉兴府去。在把杭州已经当作极边看了的当时,到了言语风习完全不同的嘉兴府后,怀乡之念,自然是更加得迫切。半年之中,当寝室的油灯灭了,或夜膳刚毕,操场上暗沉沉没有旁的同学在的地方,我一个人真不知流尽了多少的思家的热泪。

忧能伤人，但忧亦能启智；在孤独的悲哀里沉浸了半年，暑假中重回到故乡的时候，大家都说我长成得像一个大人了。事实上，因为在学堂里，被怀乡的愁思所苦扰，我没有别的办法好想，就一味的读书，一味的作诗。并且这一次自嘉兴回来，路过杭州，又住了一日；看看袋里的钱，也还有一点盈余，湖山的赏玩，当然不再去空费钱了，从梅花碑的旧书铺里，我竟买来了一大堆书。

这一大堆书里，对我的影响最大，使我那一年的暑假期，过得非常快活的，有三部书，一部是黎城靳氏的《吴诗集览》，因为吴梅村的夫人姓郁，我当时虽则还不十分懂得他的诗的好坏，但一想到他是和我们郁氏有姻戚关系的时候，就莫名其妙地感到了一种亲热。一部是无名氏编的《庚子拳匪始末记》，这一部书，从戊戌政变说起，说到六君子的被害，李莲英的受宠，联军的入京，圆明园的纵火等地方，使我满肚子激起了义愤。还有一部，是署名曲阜鲁阳生孔氏编定的《普天忠愤集》，甲午前后的章奏议论，诗词赋颂等慷慨激昂的文章，收集得很多；读了之后，觉得中国还有不少的人才在那里，亡国大约是不会亡的。而这三部书读后的一个总感想，是恨我出世得太迟了，前既不能见吴梅村那样的诗人，和他去做个朋友，后又不曾躬逢着甲午庚子的两次大难，去冲锋陷阵地尝一尝打仗的滋味。

这一年的暑假过后，嘉兴是不想再去了；所以秋期始业的时候，我就仍旧转入了杭府中学的一年级。

一个人在途上

在东车站的长廊下和女人分开以后，自家又剩了孤零零的一个。频年漂泊惯的两口儿，这一回的离散，倒也算不得什么特别，可是端午节那天，龙儿刚死，到这时候北京城里虽已起了秋风，但是计算起来，去儿子的死期，究竟还只有一百来天。在车座里，稍稍把意识恢复转来的时候，自家就想起了卢梭晚年的作品

《孤独散步者的梦想》的头上的几句话：

> 自家除了己身以外，已经没有弟兄，没有邻人，没有朋友，没有社会了。自家在这世上，像这样的，已经成了一个孤独者了……

然而当年的卢梭还有弃养在孤儿院内的五个儿子，而我自己哩，连一个抚育到五岁的儿子都还抓不住！

离家的远别，本来也只为想养活妻儿。去年在某大学的被逐，是万料不到的事情。其后兵乱迭起，交通阻绝，当寒冬的十月，会病倒在沪上，也是谁也料想不到的。今年二月，好容易到得南方，静息了一年之半，谁知这刚养得出趣的龙儿又会遭此凶疾呢？

龙儿的病根，本是在广州得着。匆促北航，到了上海，接连接了几个北京来的电报。换船到天津，已经是旧历的五月初十。到家之夜，一见了门上的白纸条儿，心里已经跳得忙乱，从苍茫的暮色里赶到哥哥家中，见了衰病的她，因为在大众之前，勉强将感情压住。草草吃了夜饭，上床就寝，把电灯一灭，两人只有紧抱的痛哭，痛哭，痛哭，只是痛哭，气也换不过来，更哪里有说一句话的余裕？

受苦的时间，的确脱煞过去的太悠徐，今年的夏季，只是悲叹的连续。晚上上床，两口儿，哪敢提一句话？可怜这两个迷散的心灵，在电灯灭黑的黝黯里，所摸走的荒路，每会凑集在一条线上，这路的交叉点里，只有一块小小的墓碑，墓碑上只有"龙儿之墓"的四个红字。

妻儿因为在浙江老家内不能和母亲同住，不得已而搬往北京当时我在寄食的哥哥家去，是去年的四月中旬。那时候龙儿正长得肥满可爱，一举一动，处处教人欢喜。到了五月初，从某地回京，觉得哥哥家太狭小，就在什刹海的北岸，租定了一间渺小的住宅。夫妻两个日日和龙儿伴乐，闲时也常在北海的荷花深处，及门前的杨柳荫中带龙儿去走走。这一年的暑假，总算过得最快乐，最闲适。

秋风吹叶落的时候，别了龙儿和女人，再上某地大学去为朋友帮忙，当时他们俩还往西车站去送我来哩！这是去年秋晚的事情,想起来还同昨日的情形一样。

过了一月,某地的学校里发生事情,又回京了一次,在什刹海小住了两星期,本来打算不再出京了,然碍于朋友的面子,又不得不于一天寒风刺骨的黄昏,上西车站去乘车。这时候因为怕龙儿要哭,自己和女人,吃过晚饭,便只说要往哥哥家里去,只许他送我们到门口。记得那一天晚上他一个人和老妈子立在门口,等我们俩去了好远,还"爸爸！爸爸"的叫了好几声。啊啊,这几声的呼唤,是我在这世上听到的他叫我的最后的声音！

出京之后,到某地住了一宵,就匆促逃往上海。接续便染了病,遇了强盗辈的争夺政权,其后赴南方暂住,一直到今年的五月,才返北京。

想起来,龙儿实在是一个填债的儿子,是当乱离困厄的这几年中间,特来安慰我和他娘的愁闷的使者！

自从他在安庆生落地以来,我自己没有一天脱离过苦闷,没有一处安住到五个月以上。我的女人,也和我分担着十字架的重负,只是东西南北的奔波漂泊。然当日夜难安,悲苦得不了的时候,只教他的笑脸一开,女人和我,就可以把一切穷愁,丢在脑后。而今后五月初十待我赶到北京的时候,他的尸体,早已在妙光阁的广谊园地下躺着了。

他的病,说是脑膜炎。自从得病之日起,一直到旧历端午节的午时绝命的时候止,中间经过有一个多月的光景。平时被我们宠坏了的他,听说此番病里,却乖顺得非常,叫他吃药,他就大口地吃,叫他用冰枕,他就很柔顺的躺上。病后还能说话的时候,只问他的娘"爸爸几时回来？""爸爸在上海为我定做的小皮鞋,已经做好了没有？"我的女人,于惑乱之余,每幽幽地问他："龙！你晓得你这一场病,会不会死的？"他老是很不愿意的回答说："哪儿会死的哩？"据女人含泪的告诉我说,他的谈吐,绝不似一个五岁的小儿。

未病之前一个月的时候,有一天午后他在门口玩耍,看见西面来了一乘马车,马车里坐着一个戴灰白帽子的青年。他远远看见,就急忙丢下了伴侣,跑进屋里去叫他娘出来,说："爸爸回来了,爸爸回来了！"因为我去年离京时所戴的,是一样的一顶白灰呢帽。他娘跟他出来到门前，马车已经过去了，他就死劲的拉住了他娘，哭喊着说："爸爸怎么不家来呀？爸爸怎么不家来呀？"他娘说慰了半天，他还尽是哭着，这也是他娘含泪和我说的。现在回想起来，自己实在不该抛弃了他们，一个人在外面流荡，致使他那小小的心灵，常有这望远思亲之痛。

去年六月，搬往什刹海之后，有一次我们在堤上散步，因为他看见了人家的汽车，硬是哭着要坐，被我痛打了一顿。又有一次，也是因为要穿洋服，受了我的毒打。这实在只能怪我做父亲的没有能力，不能做洋服给他穿，雇汽车给他坐。早知他要这样的早死，我就是典当抢劫，也应该去弄一点钱来，满足他的无邪的欲望。到现在追想起来，实在觉得对他不起，实在是我太无容人之量了。

我女人说，濒死的前五天，在病院里，他连叫了几夜的爸爸！她问他："叫爸爸干什么？"他又不响了，停一会儿，就又再叫起来。到了旧历五月初三日，他已入了昏迷状态，医师替他抽骨髓，他只会直叫一声："干吗？"喉头的气管，咯咯在抽咽，眼睛只往上吊送，口头流些白沫，然而一口气总不肯断。他娘哭叫几声："龙！龙！"他的眼角上，就会迸流些眼泪出来，后来他娘看他苦得难过，倒对他说：

"龙！你若是没有命的，就好好的去吧！你是不是想等爸爸回来？就是你爸爸回来，也不过是这样的替你医治罢了。龙！你有什么不了的心愿呢？龙！与其这样的抽咽受苦，你还不如快快的去吧！"

他听了这一段话，眼角上的眼泪，更是涌流得厉害。到了旧历端午节的午时，他竟等不着我的回来，终于断气了。

丧葬之后，女人搬往哥哥家里，暂住了几天。我于五月十日晚上，下车赶到什刹海的寓宅，打门打了半天，没有应声，后来抬头一看，才见了一张告示邮差送信的白纸条。

自从龙儿生病以后，连日连夜看护久已倦了的她，又哪里经得起最后的一个打击？自己当到京之夜，见了她的衰容，见了她的泪眼，又哪里能够不痛哭呢？

在哥哥家里小住了两三天，我因为想追求龙儿生前的遗迹，一定要女人和我仍复搬回什刹海的住宅去住它一两个月。

搬回去那天，一进上屋的门，就见了一张被他玩破的今年正月里的花灯，听说这盏花灯，是南城大姨妈送他的，因为他自家烧破了一个窟窿，他还哭过好几次来的。

其次，便是上房里砖上的几堆烧纸钱的痕迹！是当他下殓时烧给他的。

院子里有一架葡萄，两棵枣树，去年采取葡萄枣子的时候，他站在树下，兜起了大褂，仰头在看树上的我。我摘取一颗，丢入了他的大褂兜里，他的哄笑声，要继续到三五分钟。今年这两棵枣树，结满了青青的枣子，风起的半夜里，老有熟极的枣子辞枝自落。女人和我，睡在床上，有时候且哭且谈，总要到更深人静，方能入睡。在这样的幽幽的谈话中间，最怕听的，就是这滴答的坠枣之声。

到京的第二日，和女人去看他的坟墓。先在一家南纸铺里买了许多冥府的钞票，预备去烧送给他。直到到了妙光阁的广谊园茔地门前，她方从呜咽里清醒过来，说："这是钞票，他一个小孩如何用得呢？"就又回车转来，到琉璃厂去买了些有孔的纸钱。她在坟前哭了一阵，把纸钱钞票烧化的时候，却叫着说：

"龙！这一堆是钞票，你收在那里，待长大了的时候再用，要买什么，你先拿这一堆钱去用吧！"

这一天到他的坟上坐着，我们直到午后七点，太阳平西的时候，才回家来。临走的时候，他娘还哭叫着说：

"龙！龙！你一个人在这里不怕冷静的么？龙！龙！人家若来欺你，你晚上来告诉娘吧！你怎么不想回来了呢？你怎么梦也不来托一个呢？"

箱子里，还有许多散放着的他的小衣服。今年北京的天气，到七月中旬，已经是很冷了。当微凉的早晚，我们俩都想换上几件夹衣，然而因为怕见到他旧时的夹衣袍袜，我们俩却尽是一天一天的捱着，谁也不说出口来，说"要换上件夹衫"。

有一次和女人在那里睡午觉，她骤然从床上坐了起来，鞋也不穿，光着袜子，跑上了上房起坐室里，并且更掀帘跑上外面院子里去。我也莫名其妙跟着她跑到外面的时候，只见她在那里四面找寻什么，找寻不着，呆立了一会儿，她忽然放声哭了起来,并且抱住了我急急地追问说:"你听不听见?你听不听见?"哭完之后,她才告诉我说,在半醒半睡的中间,她听见"娘!娘!"的叫了两声,的确是龙的声音,她很坚定地说:"的确是龙回来了。"

北京的朋友亲戚,为安慰我们起见,今年夏天常请我们俩去吃饭听戏,她老不愿意和我同去,因为去年的六月,我们无论上哪里去玩,龙儿是常和我们在一处的。

今年的一个暑假,就是这样的,在悲叹和幻梦的中间消逝了。

这一回南方来催我就道的信,过于匆促,出发之前,我觉得还有一件大事情没有做了。

中秋节前新搬了家,为修理房屋,部署杂事,就忙了一个星期。出发之前,又因了种种琐事,不能抽出空来,再上龙儿的墓地里去探望一回。女人上东车站来送我上车的时候,我心里尽酸一阵痛一阵的在回念这一件恨事。有好几次想和她说出来,教她于两三日后再往妙光阁去探望一趟,但见了她的憔悴尽的颜色,和苦忍住的凄楚,又终于一句话也没有讲成。

现在去北京远了,去龙儿更远了,自家只一个人,只是孤零零的一个人,在这里继续此生中大约是完不了的漂泊。

南行杂记

从上海出发之后第四天的早晨,听说是已经过了汕头,也许今天晚上可以进虎门的。船客的脸上,都现出一种希望的表情来,天也放晴,"突克"上的人声也嘈杂起来了。

这一次的航海,总算还好,风浪不十分大,路上也没有遇着强盗,而今天所走的地方,已经是安全地带了。在"突克"的左旁,一位广东的老商人,一边拿了望远镜在望海边的岛屿,一边很努力的用了普通话对我说了一段话。

太阳忽隐忽现，海风还是微微的拂上面来，我们究竟向南走了几千里路，原是谁也说不清楚，可是纬度的变迁的证明，从我们的换了夹衣之后，还觉得闷热的事实上找得出来，所以我也不知不觉地对那老商人说：

"老先生，我们已经接触了南国的风光了！"

吃了早午饭，又在"突克"上和那老商人站立了一回，看看远处的岛屿海岸，也没有什么不同的变化，我就回到了舱里去享受午睡。大约是几天来运动不足，消化不良的缘故，头一搁上枕，就做了许多乱梦。梦见了去年在北京德国病院里死的一位朋友；梦见了两月前头，在故乡和我要好的那个女人；又梦见了几回哥哥和我吵闹的情形；最后又梦见我自家在一家酒店门口发怔，因为这酒家柜上，一盘一盘陈列着在卖的尽是煮熟的人头和人的上半身。

午后三点多钟，睡醒之后，又上"突克"去看了一次，四面的景色，还是和午前一样，问问同伴，说要明天午后，才得到广州。幸而这时候那广东姑娘出来了，和她不即不离的说了句极普通的话，觉得旅愁又减少了一点。这一晚和前几晚一样，看了几页小说，吸了几支烟，想了些前后错杂的事情，就不知不觉的睡着了。

船到虎门外，等领港的到来，慢慢的驶进珠江，是在开船后第五天的午后三点多钟。天空黯淡，细雨丝丝在下，四面的小岛，远近的渔村，水边的绿树，使一艘船客都中心不定地跑来跑去在"突克"和舱室的中间行走。南方的风物，煞是离奇，煞是可爱！

若在北方，这时候只是一片黄沙瘠土，空林里总认不出一串青枝绿叶来；而这南乡的二月，水边山上，苍翠欲滴的树叶，不消再说，江岸附近的水田里，仿佛是已经在忙分秧稻的样子。珠江江口，汊港又多，小岛更伙，望南望北，看得出来的，不是嫩绿浓荫的高树，便是方圆整洁的农园。树荫下有依水傍山的瓦屋，园场里排列着荔枝龙眼的长行，中间且有粗枝大干，红似相思的木棉花树，这是梦境呢还是实际？我在船头上竟看得发呆了。

"美啊！这不是和日本长崎口外的风景一样么？"同舱的K叫着说。

"美啊！这简直是江南五月的情和景！"同舱的 W 也受了感动。

"可惜今天的天气不好，把这一幅好景致染上了忧郁的色彩。"我也附和他们说。

船慢慢的进了珠江，两岸的水乡人家的春联和门楣上的横额，都看得清清楚楚。前面老远，在空蒙的烟雨里，有两座小小的宝塔看见了。

"那是广州城！"

"那是黄埔！"

像这样的惊喜的叫唤，时时可以听见，而细雨还是不止，天色竟阴阴的晚了。

吃过晚饭，再走出舱来的时候，四面已经是夜景了。远近的湾港里，时有几盏明灭的渔灯看得出来，岸上人家的墙壁，还依稀可以辨认。广州城的灯火，看得很清，可是问问船员，说到白鹅潭还有二十多里。立在黄昏的细雨里，尽把脖子伸长，向黑暗中瞭望，也没有什么意思，又想回到食堂里去吸烟，但 W 和 K 却不愿意离开"突克"。

不知经过了多久，轮船的轮机声停止了。"突克"上充满了压人的寂静，几个喜欢说话的人，也受了这寂静的威胁，不敢做声。忽而船停住了，跑来跑去有几个水手呼唤的声音。轮船下舢板中的男女的声音，也听得出来了，四面的灯火人家，也增加了数目。舱里的茶房，不知道什么时候出来的，这时候也站在我们的身旁，对我们说：

"船已经到了，你们还是回舱去照料东西吧！广东地方可不是好地方。"

我们问他可不可以上岸去，他说晚上雇舢板危险，还不如明天早上上去的好，这一晚总算到了广州，而仍在船上宿了一宵。

在白鹅潭的一宿，也算是这次南行的一个纪念，总算又和那广东姑娘同在一只船上多睡了一晚。第二天早晨，天一亮，不及和那姑娘话别，我们就雇了小艇，冒雨冲上岸来了。

杭 州

杭州的出名，一大半是为了西湖。而人工的建设，都会的形成，初则是由于唐末五代，武肃王钱镠（西历十世纪初期）的割据东南——"隋朝特创立此郡城，仅三十六里九十步；后武肃钱王，发民丁与十三寨军卒，增筑罗城，周围七十里许。……"（吴自牧《梦粱录》卷七）——再则是由于南宋建炎三年（1129年），高宗的临安驻跸，奠定国都。至若唐白乐天与宋苏东坡的筑堤导水，原也有功于杭郡人民，可是仅仅一位醉酒吟诗携妓的郡守的力量，无论如何，也是不能和帝王匹敌的。

据说，杭州的杭字，是因"禹末年，巡会稽至此，舍航登陆，乃名杭，始见于文字。"（柴虎臣著《杭州沿革大事考》）。因之，我们可以猜想，禹以前，杭州总还是一个泽国。而这一个四千余年前的泽国，后来为越为吴，也为吴越的战场，为东汉的浙江，为三国吴的富春，为晋的吴郡，为隋唐的杭州，两为偏安国都，迭为省治，现在并且成了东南五省交通的孔道，歌舞喧天，别庄满地，简直又要恢复南宋当时的首都旧观了。

我的来往杭州，本不是想上西湖来寻梦，更不是想弯强弩来射潮；不过妻杭人也，雅擅杭音，父祖富春产也，歌哭于斯，叶落归根，人穷返里，故乡鱼米较廉，借债亦易——今年可不敢说——屋租尤其便宜，铩羽归来，正好在此地偷安苟活，坐以待亡。搬来住后，岁月匆匆，一眨眼间，也已经住了一年有半了。朋友中间晓得我的杭州住址者，于春秋佳日，旅游西湖之余，往往肯命高轩来罔顾，我也因独处穷乡，孤寂得可怜，我朋自远方来，自然喜欢和他们谈谈旧事，说说杭州。这么一来，不几何时，大家似乎已经把我看成了杭州的管钥，山水的东家；《中学生》杂志编者特地写信来要我写点关于杭州的文章，大约原因总也在于此。

关于杭州一般的兴废沿革，有《浙江通志》《杭州府志》《仁钱县志》诸大部的书在；关于杭州的掌故，湖山的史迹等等，也早有了光绪年间钱塘丁申、丁丙两氏编刻的《武林掌故丛编》《西湖集览》，与新旧《西湖志》《湖山便览》以及诸大书局大文豪的西湖游记或西湖游览指南诸书，可作参考；所以在这里，对这些，我不想再来饶舌，以虚费纸面和读者的光阴。第一，我觉得还值得一写，而对于读者，或者也不至于全然没趣的，是杭州人的性格；所以，我打算先从"杭州人"讲起。

第一个杭州人，究竟是哪里来的？这杭州人种的起源问题，怕同先有鸡蛋呢还是先有鸡一样，就是叫达尔文从阴司里复活转来，也很不容易解决。好在这些并非是我们的主题，故而假定当杭州这一块陆土出水不久，就有些野蛮的，好渔猎的人来住了，这些蛮人，我们就姑且当他们是杭州人的祖宗。吴越国人，一向是好战，坚忍，刻苦，猜忌，而富于巧智的。自从用了美人计，征服了姑苏以来，兵事上虽则占了胜利，但民俗上却吃了大亏；喜斗，坚忍，刻苦之风，渐渐地消灭了。倒是猜忌，使计诸官能，逐步发达了起来。其后经楚威王，秦始皇，汉高帝等的挞伐，杭州人就永远处于了被征服者的地位，隶属在北方人的胯下。三国纷纷，孙家父子崛起，国号曰吴，杭州人总算又吐了口气，这一口气，隐忍过隋唐两世，至钱武肃王而吐尽；不久南宋迁都，固有的杭州人的骨里，混入了汴京都的人士的文弱血球，于是现在的杭州人的性格，就此决定了。

意志的薄弱，议论的纷纭；外强中干，喜撑场面；小事机警，大事糊涂；以文雅自夸，以清高自命；只解欢娱，不知振作等等，就是现在的杭州人的特性。这些，虽然是中国一般人的通病，但是看来看去，我总觉得以杭州人为尤甚。所以由外乡人说来，每以为杭州人是最狡猾的人，狡猾得比上海滩上的滑头还要厉害。但其实呢，杭州人只晓得占一点眼前的小利小名，暗中在吃大亏，可是不顾到的。等到大亏吃了，杭州人还要自以为是，自命为直，无以名之，名之曰"杭铁头"以自慰自欺。生性本是勤而且俭的杭州人，反以为勤俭是倒霉的事情，是贫困的暴露，是与面子有关的，所以父母教子弟的第一个原则，就是教他们游惰过日,摆大少爷的架子。等空壳大少爷的架子学成,父母年老,财产荡尽的时候,这些大少爷们在白天,还要上西湖去逛逛,弄件把长衫来穿穿,饿着肚皮而高使着牙签;到了晚上上黑暗的地方去跪着讨饭,或者扒点东西,倒满不在乎,因为在黑暗里人家看不见,与面子还是无关,而大少爷的架子却不可不摆。至于做匪做强盗呢,却不会,绝不会,杭州人并不是没有这个胆量,但杀头的时候要反绑着手去游街示众,与面子有关;最勇敢的杭州人,亦不过做做小窃而已。

唯其是如此,所以现在的杭州人,就永远是保有着被征服的资格的人;风雅倒很风雅,浅薄的知识也未始没有,小名小利,一着也不肯放松,最厉害的尤其是一张嘴巴。外来的征服者,征服了杭州人后,过不上三代,就也成了杭州人了,于是剃头者人亦剃其头,几十年后,仍复要被新的征服者来征服。照例类推,一年一年的下去。现在残存在杭州的固有杭州老百姓,计算起来,怕已经不上十个指头了。

人家说这是因为杭州的山水太秀丽了的缘故。西湖就像是一位"二八佳人体似酥"的狐狸精,所以杭州决出不出好子弟来。这话哩,当然也含有着几分真理。可是日本的山水,秀丽处远在杭州之上;瑞士我不晓得,意大利的风景画片我们总也时常看见的吧,何以外国人都可以不受着地理的限制,独有杭州人会陷入这一个绝境去的呢?想来想去,我想总还是教育的不好。杭州的家庭教育,社会教育,学校教育,总非要彻底的改革一下不可。

其次是该讲杭州的风俗了。岁时习俗,显露在外表的年中行事,大致是与江南各省相通的;不过在杭州像婚丧喜庆等事,更加要铺张一点而已。关于这一方面,同治年间有一位钱塘的范月桥氏,曾做过一册《杭俗遗风》,写得比较详细,不过现在的杭州风俗,细看起来,还是同南宋吴自牧在《梦粱录》里所说的差仿不多,因为杭州人根本还是由那个时候传下来,在那个时候改组过的人。都会文化的影响,实在真大不过。

一年四季,杭州人所忙的,除了生死两件大事之外,差不多全是为了空的仪式;就是婚丧生死,一大半也重在仪式。丧事人家可以出钱去雇人来哭。喜事人家也有专门说好话的人雇在那里借讨彩头。祭天地，祀祖宗，拜鬼神等等，无非是为了一个架子；甚至于四时的游逛，都列在仪式之内，到了时候，若不去一定的地方走一遭，仿佛是犯了什么大罪，生怕被人家看不起似的。所以明朝的高濂，做了一部《四时幽赏录》，把杭州人在四季中所应做的闲事，详细列叙了出来。现在我只教把这四时幽赏的简目，略抄一下，大家就可以晓得吴自牧所说的"临安风俗，四时奢侈，赏观殆无虚日"的话的不错了。

一、春时幽赏：孤山月下看梅花，八卦田看采花，虎跑泉试新茶，西溪楼啖煨笋，保俶塔看晓山，苏堤看桃花，等等。

二、夏时幽赏：苏堤看新绿，三生石谈月，飞来洞避暑，湖心亭采莼，等等。

三、秋时幽赏：满家巷赏桂花，胜果寺望月，水乐洞雨后听泉，六和塔夜玩风潮，等等。

四、冬时幽赏：三茅山顶望江天雪霁，西溪道中玩雪，雪后镇海楼观晚炊，除夕登吴山看松盆，等等。

将杭州人的坏处，约略在上面说了之后，我却终觉不得不对杭州的山水，再来一两句简单的批评。西湖的山水，若当盆景来看，好处也未始没有，就是在它的比盆景稍大一点的地方。若要在西湖近处看山的话，那你非要上留下向西向南再走二三十里路不行。从余杭的小和山走到了午潮山顶，你向四面一看，就有点可能看出浙西山脉的大势来了。天晴的时候，西北你能够看得见天目，南面脚下的横流一线，东下海门，就是钱塘江的出口，龛赭二山，小得来像天文镜里的游星。若嫌时间太费，脚力不继的话，那至少你也该坐车下江干，过范村，上五云山头去看看隔岸的越山，与钱塘江上游的不断的峰峦。况且五云山足，西下是云栖，竹木清幽；地方实在还可以。从五云山向北若沿郎当岭而下天竺，在岭脊你就可以看到西岭下梅家坞的别有天地，与东岭下西湖全面的镜样的湖光。

若要再近一点，来玩西湖，我觉得南山终胜于北山，凤凰山胜果寺的荒凉远大，比起灵隐、葛岭来，终觉回味要浓厚一点。

还有北面秦亭山法华山下的西溪一带呢，如花坞秋雪庵，茭芦庵等处，散疏雅逸之致，原是有的，可是不懂得南画，不懂得王维、韦应物的诗意的人，即使去看了，也是毫无所得的。

离西湖十余里，在拱宸桥的东首，地当杭州的东北，也有一簇山脉汇聚在那里。俗称"半山"的皋亭山，不过因近城市而最出名，讲到景致，则断不及稍东的黄鹤峰，与偏北的超山。况且超山下的居民，以植果木为业，旧历二月初，正月底边的大明堂外（吴昌硕的坟旁）的梅花，真是一个奇观，俗称"香雪海"的这个名字，觉得一点儿也不错。

此外还有关于杭州的饮食起居的话，我不是做西湖旅行指南的人，在此地只好不说了。

两浙漫游后记

两三年来，因为病废的结果，既不能出去做一点事情，又不敢隐遁发一点议论，所以只好闲居为不善，读些最无聊的小说诗文，以娱旦夕。然而蛰居久了，当然也想动一动；不过失业到如今将近十年，连几个酒钱也难办了，不得已只好利用双脚，去爬山涉水，聊以寄啸傲于虚空。而机会凑巧，去年今年，却连接来了几次公家的招待，舟车是不要钱的，膳宿也不要钱的，只教有一个身体，几日健康，就可以安然的去游山而玩水。两年之中，浙东浙西的山水，虽然还不能遍历，但在浙江，也差不多是走到了十分之六七了。

随时随地，记下来的杂感漫录，已于今年夏天，收集起来，出了一册《屐痕处处》的游记总集；现在逼近岁暮，大约足迹总不会再印上远处的山巅水畔去了吧；我想在这里作一个两浙山水的总括感想。

统观两浙的山，当以自黄山西来的昱岭山脉、莫干山脉、天目山脉为主峰；这一带浙西之山，名目虽异，实际却是一样的系统。山都是沙石岩，间或有石灰岩、花岗岩等，可是成分不多，不能据以为断。浙东山脉，当以括苍、天台为中心,会稽山脉,卑卑不足道;南则雁荡山脉,西接枫岭、仙霞、武夷,自成一区。若金华山脉,突起浙江中部,自东阳大盆山而来,本可成为主峰,然细察地势,南接天台,西连马金岭之余支,仍可视为天台山与黄山余支野合而生之子。至于四明、象山的一带呢,地处海滨,出海年月较迟,谓为天台的余波,固无不可;究竟山低似阜,不足称山,所以从浙江全体看来,这一脉似仍应视作会稽与天台的侧室,不能独树一帜的。

当今年夏天,带了小儿在东海上山闲步的时候,我们大人中间,往往爱谈起风景的两字。今年刚长到了7岁的小孩,后来问我,什么叫作风景;我一时几乎被他难倒了,因抽象的名词,要具体地来说明,实在可不容易。结果,我只说明了山和水都有的地方,而又很好玩的时候,就叫作风景好。这说明虽然只是骗骗小孩的一时的造作,但实际要讲到风景,除了山水之外,恐怕也没有什么其他的天然成分必须要掺和进去。浙江山虽则不多,但也不少;而滨海之区,如雁荡的一带,秀丽处也尽可以抵得过桂林。况且两山之间必有水,既有了山,又与海近,水自然是不会得没有。因而我就想起了古人所说的智者与仁者,以及乐山与乐水之分。山和水本来是一样可爱的大自然,但稍稍一点奢望的人,总想把山水的总绩,平均地同时来享受,鱼与熊掌,若得兼有,岂不是智仁之极致?照此标准来说,我在浙江,还想取富春江的山水为压卷。天台只有高山,没有大水;雁荡虽在海滨,然其奇在岩在石。那些黑白云母片麻岩的形状,实在奇不过,至于水,却也不见得丰富,大龙湫、西石梁、梅雨潭等瀑布,未始不是伟观,可是比起横流曲折的富春江来,趣味总觉得要差些,就是失在单调。

天目山以山来论,原系浙江的主脉,但讲风景的变化,却又赶不上富春山的明媚了。四明龙盘虎踞,大约是王气所钟之地;但因为风水太好,我的这一双贱脚,每每怕向金鳌背上去践踏,所以直到如今,对雪窦的幽深,天潼、育王的秀逸,还不敢轻易去亵渎。

金华的北山,永康的方岩,雄奇是雄奇的,伟大也相当的伟大,我想比起黄山、白岳来,一定要差得多。黄山我未曾领略,但黄山的前卫白岳、齐云,却匆匆看过了，只太素宫前的一角，就觉得比方岩要复杂得多。总之这些山，说伟大，还觉得有点儿不足，说秀丽却根本说不上。

秋天去旅行天台、雁荡，预定的计划，是由山阴，出剡溪上天台，下永嘉；然后遵瓯江而西进，过青田丽水缙云，从永康到兰溪，再坐船顺流而东下的。但一则因公路的桥梁未成，再则因战后的地方未靖，我们只望了一望永嘉东北的山水，就从原路跑回来了。最觉得可惜的，是谢灵运所咏的真正永嘉山水（在青田），就是"双峰对峙，壁立大溪之上，状似石门"的那条石门瀑布，还没有看到。同游雁荡的一位德国朋友，告诉我说，在青田县属黄坛之北，南田之南，东西夹于泗溪浯溪之间，当蒲斜岭的近边，有一个大瀑布在，他打算去探一趟险，我想这位德国朋友所说的瀑布，一定是把地址弄错了的石门洞的瀑布无疑。光绪年间的《青田县志》里记这石门洞说："石门山，县西七十里，道书为石门洞天。临大溪，两峰壁立，高数百丈，对峙如门。深入为洞，可容数千人，六月生寒。飞瀑千仞（《方舆胜览》作：飞瀑直泻至天壁，凡三百尺，白天壁飞泻至下潭，凡四百尺。）瀚濛作雨状；随风飘洒里许；近视如烟云散聚，有气无质，冬夏不竭；积瀑回激，为潭深数十丈。"

其次，所可惜的，是没有到缙云的仙都山；据说这山高有六百丈，周三百里，在县东二十三里，道书称祈仙第二十九洞天。上有独峰，亦名玉柱峰，峰顶有湖，生白莲，就是鼎湖。这仙都峰，可以用了船，倒溯九曲溪而上去游；从前人的游记看来，似乎仙都峰下处处是石壁，曲曲是清溪，形状应似绍兴之东湖吼山，而规模绝大，形势绝伟，非有六七日工夫，是游不遍的。

浙东西的山水，约略看了下来，回到了家里，仔细加以分析与回思，觉得龚定庵的"踏遍中华窥两戒，无双毕竟是家山"的两句诗，仿佛是为我而做的。因为我的"家山"，是在富春江上，和杭州的盆景似的湖山，相差还远得很。

郁达夫 散文

钓台的春昼

因为近在咫尺,以为什么时候要去就可以去,我们对于本乡本土的名区胜景,反而往往没有机会去玩,或不容易下一个决心去玩的。正唯其是如此,我对于富春江上的严陵,二十年来,心里虽每在记着,但脚却从没有向这一方面走过。一九三一,岁在辛未,暮春三月,春服未成,而中央党帝,似乎又想玩一个秦始皇所玩过的把戏了,我接到了警告,就仓皇离去了寓居。先在江浙附近的穷乡里,游息了几天,偶尔看见了一家扫墓的行舟,乡愁一动,就定下了归计。绕了一个大弯,赶到故乡,却正好还在清明寒食的节前,和家人等去上了几处坟,与许久不曾见过面的亲戚朋友,来往热闹了几天,一种乡居的倦怠,忽而袭上心来了,于是乎我就决心上钓台去访一访严子陵的幽居。

钓台去桐庐县城二十余里,桐庐去富阳县治九十里不足,自富阳溯江而上,坐小火轮三小时可达桐庐,再上则须坐帆船了。

我去的那一天,记得是阴晴欲雨的养花天,并且系坐晚班轮去的,船到桐庐,已经是灯火微明的黄昏时候了,不得已就只得在码头近边的一家旅馆的高楼上借了一宵宿。

桐庐县城,大约有三里路长,三千多烟灶,一二万居民,地在富春江西北岸,从前是皖浙交通的要道,现在杭江铁路一开,似乎没有一二十年前的繁华热闹了。尤其要使旅客感到萧条的,却是桐君山脚下的那一队花船的失去了踪影。说起桐君山,却是桐庐县的一个接近城市的灵山胜地,山虽不高,但因有仙,自然是灵了。以形势来论,这桐君山,也的确是可以产生出许多口音生硬,别具风韵的桐严嫂来的生龙活脉。地处在桐溪东岸,正当桐溪和富春江合流之所,依依一水,西岸便瞰视着桐庐县市的人家烟树。南面对江,便是十里长洲;唐诗人方干的故居，就在这十里桐洲九里花的花田深处。向西越过桐庐县城，更遥遥对着一排高低不定的青峦，这就是富春山的山子山孙了。东北面山下，是一片桑麻沃地，有一条长蛇似的官道，隐而复现，出没盘曲在桃花杨柳洋槐榆树的中间。绕过一支小岭，便是富阳县的境界，大约去程明道的墓地程坟，总也不过一二十里地的间隔。我的去拜谒桐君，瞻仰道观，就在那一天到桐庐的晚上，是淡云微月，正在作雨的时候。

鱼梁渡头，因为夜渡无人，渡船停在东岸的桐君山下。我从旅馆踱了出来，先在离轮埠不远的渡口停立了几分钟，后来向一位来渡口洗夜饭米的少妇，弓身请问了一回，才得到了渡江的秘诀，她说："你只须高喊两三声，船自会来的。"先谢了她教我的好意，然后以两手围成了播音的喇叭，"喂，喂，渡船请摇过来！"地纵声一喊，果然在半江的黑影当中，船身摇动了。渐摇渐近，五分钟后，我在渡口，却终于听出了咿呀柔橹的声音。时间似乎已经入了酉时的下刻，小市里的群动，这时候都已经静息，自从渡口的那位少妇，在微茫的夜色里，藏去了她那张白团团的面影之后，我独立在江边，不知不觉心里头却兀自感到了一种他乡日暮的悲哀。渡船到岸，船头上起了几声微微的水浪清音，又铜东的一响，我早已跳上了船，渡船也已经掉过头来了。坐在黑影沉沉的舱里，我起先只在静听着柔橹划水的声音，然后却在黑影里看出了一星船家在吸着的长烟管头上的烟火，最后因为被沉默压迫不过，我只好开口说话了："船家！你这样的渡我过去，该给你几个船钱？"我问。"随你先生把几个就是。"船家说话冗慢悠长，似乎已经带着些睡意了，我就向袋里摸出了两角钱来，"这两角钱，就算是我的渡船钱，请你候我一会，上去烧一次夜香，我是依旧要渡过江来的。"船家的回答，只是嗯嗯吾吾，幽幽同牛叫似的一种鼻音，然而从继这鼻音而起的两三声轻快的喀声听来，他却已经在感到满足了，因为我也知道，乡间的义渡，船钱最多也不过是两三枚铜子而已。

到了桐君山下，在山影和树影交掩着的崎岖道上，我上岸走不上几步，就被一块乱石绊倒，滑跌了一次。船家似乎也动了恻隐之心了，一句话也不发，跑将上来,他却突然交给了我一盒火柴。我于感谢了一番他的盛意之后,重整步武,再摸上山去,先是必须点一枝火柴走三五步路的,但到得半山,路既就了规律,而微云堆里的半规月色,也朦胧地现出一痕银线来了,所以手里还存着的半盒火柴,就被我藏入了袋里。路是从山的西北,盘曲而上,渐走渐高,半山一到,天也开朗了一点,桐庐县市上的灯光,也星星可数了。更纵目向江心望去,富春江两岸的船上和桐溪合流口停泊着的船尾船头,也看得出一点一点的火来。走过半山,桐君观里的晚祷钟鼓,似乎还没有息尽,耳朵里仿佛听见了几丝木鱼钲铍的残声。走上山顶,先在半途遇着了一道道观外围的女墙,这女墙的栅门,却已经掩上了。在栅门外徘徊了一刻,觉得已经到了此门而不进去,终于是不能满足我这一次暗夜冒险的好奇怪癖的。所以细想了几次,还是决心进去,非进去不可。轻轻用手往里面一推,栅门却呀的一声,早已退向了后方开开了,这门原来是虚掩在那里的。进了栅门,踏着为淡月所映照的石砌平路,向东向南的前走了五六十步,居然走到了道观的大门之外,这两扇朱红漆的大门,不消说是紧闭在那里的。到了此地,我却不想再破门进去了,因为这大门是朝南向着大江开的,门外头是一条一丈来宽的石砌步道,步道的一旁是道观的墙,一旁便是山坡,靠山坡的一面,并且还有一道二尺来高的石墙筑在那里,大约是代替栏杆,防人倾跌下山去的用意,石墙之上,铺的是二三尺宽的青石,在这似石栏又似石凳的墙上,尽可以坐卧游息,饱看桐江和对岸的风景,就是在这里坐它一晚,也很可以,我又何必去打开门来,惊起那些老道的噩梦呢?

空旷的天空里,流涨着的只是些灰白的云,云层缺处,原也看得出半角的天,和一点两点的星,但看起来最饶风趣的,却仍是欲藏还露,将见仍无的那半规月影。这时候江面上似乎起了风,云脚的迁移,更来得迅速了,而低头向江心一看,几多散乱着的船里的灯光,也忽明忽灭地变换了一变换位置。

这道观大门外的景色,真神奇极了。我当十几年前,在放浪的游程里,曾向瓜州京口一带,消磨过不少的时日,那时觉得果然名不虚传的,确是甘露寺外的江山。而现在到了桐庐,昏夜上这桐君山来一看,又觉得这江山的秀而且静,风景的整而不散,却非那天下第一江山的北固山所可与比拟的了。真也难怪得严子陵,难怪得戴征士,倘使我若能在这样的地方结屋读书,以养天年,那还要什么的高官厚禄,还要什么的浮名虚誉哩?一个人在这桐君观前的石凳上,看看山,看看水,看看城中的灯火和天上的星云,更做做浩无边际的无聊的幻梦,我竟忘记了时刻,忘记了自身,直等到隔江的击柝声传来,向西一看,忽而觉得城中的灯影微茫地减了,才跑也似地走下了山来,渡江奔回了客舍。

  第二日清晨,觉得昨天在桐君观前做过的残梦正还没有续完的时候,窗外面忽而传来了一阵吹角的声音。好梦虽被打破,但因这同吹觱篥似的商音哀咽,却很含着些荒凉的古意,并且晓风残月,杨柳岸边,也正好候船待发,上严陵去;所以心里虽怀着了些儿怨恨,但脸上却只现出了一痕微笑,起来梳洗更衣,叫茶房去雇船去。雇好了一只双桨的渔舟,买就了些酒菜鱼米,就在旅馆前面的码头上上了船。轻轻向江心摇出去的时候,东方的云幕中间,已现出了几丝红韵,有八点多钟了。舟师急得厉害,只在埋怨旅馆的茶房,为什么昨晚不预先告诉,好早一点出发。因为此去就是七里滩头,无风七里,有风七十里,上钓台去玩一趟回来,路程虽则有限,但这几日风雨无常,说不定要走夜路,才回来得了的。

  过了桐庐,江心狭窄,浅滩果然多起来了。路上遇着的来往的行舟,数目也是很少,因为早晨吹的角,就是往建德去的快班船的信号,快班船一开,来往于两埠之间的船就不十分多了。两岸全是青青的山,中间是一条清浅的水,有时候过一个沙洲,洲上的桃花菜花,还有许多不晓得名字的白色的花,正在喧闹着春暮,吸引着蜂蝶。我在船头上一口一口的喝着严东关的药酒,指东话西地问着船家,这是什么山?那是什么港?惊叹了半天,称颂了半天,人也觉得倦了,不晓得什么时候,身子却走上了一家水边的酒楼,在和数年不见的几位已经做了党官的朋友高谈阔论。谈论之余,还背诵了一首两三年前曾在同一的情形之下做成的歪诗:

    不是尊前爱惜身,

郁达夫 散文

佯狂难免假成真,
曾因酒醉鞭名马,
生怕情多累美人。
劫数东南天作孽,
鸡鸣风雨海扬尘,
悲歌痛哭终何补,
义士纷纷说帝秦。

直到盛筵将散,我酒也不想再喝了,和几位朋友闹得心里各自难堪,连对旁边坐着的两位陪酒的名花都不愿意开口。正在这上下不得的苦闷关头,船家却大声的叫了起来说:

"先生,罗芷过了,钓台就在前面,你醒醒罢,好上山去烧饭吃去。"

擦擦眼睛,整了一整衣服,抬起头来一看,四面的水光山色又忽而变了样子了。清清的一条浅水,比前又窄了几分,四围的山包得格外的紧了,仿佛是前无去路的样子。并且山容峻削,看去觉得格外的瘦格外的高。向天上地下四围看去,只寂寂的看不见一个人类。双桨的摇响,到此似乎也不敢放肆了,钩的一声过后,要好半天才来一个幽幽的回响,静,静,静,身边水上,山下岩头,只沉浸着太古的静,死灭的静,山峡里连飞鸟的影子也看不见半只。前面的所谓钓台山上,只看得见两个大石垒,一间歪斜的亭子,许多纵横芜杂的草木。山腰里的那座祠堂,也只露着些废垣残瓦,屋上面连炊烟都没有一丝半缕,像是好久好久没有人住了的样子。并且天气又来得阴森,早晨曾经露一露脸过的太阳,这时候早已深藏在云堆里了,余下来的只是时有时无从侧面吹来的阴飕飕的半箭儿山风。船靠了山脚,跟着前面背着酒菜鱼米的船夫走上严先生祠堂去的时候,我心里真有点害怕,怕在这荒山里要遇见一个干枯苍老得同丝瓜筋似的严先生的鬼魂。

在祠堂西院的客厅里坐定,和严先生的不知第几代的裔孙谈了几句关于年岁水旱的话后,我的心跳也渐渐儿的镇静下去了,嘱托了他以煮饭烧菜的杂务,我和船家就从断碑乱石中间爬上了钓台。

东西两石垒，高各有二三百尺，离江面约两里来远，东西台相去，只有一二百步，但其间却夹着一条深谷。立在东台，可以看得出罗芷的人家，回头展望来路，风景似乎散漫一点，而一上谢氏的西台，向西望去，则幽谷里的清景，却绝对的不像是在人间了。我虽则没有到过瑞士，但到了西台，朝西一看，立时就想起了曾在照片上看见过的威廉·退儿的祠堂。这四山的幽静，这江水的青蓝，简直同在画片上的珂罗版色彩，一色也没有两样，所不同的，就是在这儿的变化更多一点，周围的环境更芜杂不整齐一点而已，但这却是好处。

从钓台下来，回到严先生的祠堂——记得这是洪杨以后严州知府戴槃重建的祠堂——西院里饱啖了一顿酒肉，我觉得有点酪酊微醉了。手拿着以火柴柄制成的牙签，走到东面供着严先生神像的龛前，向四面的破壁上一看，翠墨淋漓，题在那里的，竟多是些俗而不雅的过路高官的手笔。最后到了南面的一块白墙头上，在离屋檐不远的一角高处，却看到了我们的一位新近去世的同乡夏灵峰先生的四句似邵尧夫而又略带感慨的诗句。夏灵峰先生虽则只知崇古，不善处今，但是五十年来，像他那样的顽固自尊的亡清遗老，也的确是没有第二个人。比较起现在的那些官迷财迷的南满尚书和东洋宦婢来，他的经术言行，姑且不必去论它，就是以骨头来称称，我想也要比什么罗三郎郑太郎辈，重到好几百倍。慕贤的心一动，醺人的臭技自然是难熬了，堆起了几张桌椅，借得了一支破笔，我也在高墙上在夏灵峰先生的脚后放上了一个陈屁，就是在船舱的梦里，也曾微吟过的那一首歪诗。

从墙头上跳将下来，又向龛前天井去走了一圈，觉得酒后的喉咙，有点渴痒了，所以就又走回到了西院，静坐着喝了两碗清茶。在这四大无声，只听见我自己的啾啾喝水的舌音冲击到那座破院的败壁上去的寂静中间，同惊雷似地一响，院后的竹园里却忽而飞出了一声闲长而又有节奏似的鸡啼的声来。同时在门外面歇着的船家，也走进了院门，高声的对我说：

"先生，我们回去吧，已经是吃点心的时候了，你不听见那只公鸡在后山啼吗？我们回去吧！"

花　坞

"花坞"这一个名字，大约是到过杭州，或在杭州住上几年的人，没有一个不晓得的，尤其是游西溪的人，平常总要一到花坞。二三十年前，汽车不通，公路未筑，要去游一次，真不容易；所以明明知道这花坞的幽深清绝，但脚力不健，非好游如好色的诗人，不大会去。现在可不同了，从湖滨向北向西的坐汽车去，不消半个钟头，就能到花坞口外。而花坞的住民，每到了春秋佳日的放假日期，也会成群结队，在花坞口的那座凉亭里鹄候，预备来做一个临时导游的角色，好轻轻快快地赚取游客的两毛小洋；现在的花坞，可真成了第二云栖，或第三九溪十八涧了。

花坞的好处，是在它的三面环山，一谷直下的地理位置，石人坞不及它的深，龙归坞没有它的秀。而竹木萧疏，清溪蜿绕，庵堂错落，尼媪翩翩，更是花坞独有的迷人风韵。将人来比花坞，就像浔阳商妇，老抱琵琶；将花来比花坞，更像碧桃开谢，未死春心；将菜来比花坞，只好说冬菇烧豆腐，汤清而味隽了。

我的第一次去花坞，是在松木场放马山背后养病的时候。记得是一天日和风定的清秋的下午，坐了黄包车，过古荡，过东岳，看了伴凤居，访过风木庵（是钱唐丁氏的别业），感到了口渴，就问车夫，这附近可有清静的乞茶之处？他就把我拉到了花坞的中间。

伴凤居虽则结构堂皇，可是里面却也坍败得可以；至于杨家牌楼附近的风木庵哩，丁氏的手迹尚新，茅庵的木架也在，但不晓怎么，一走进去，就感到了一种扑人的霉灰冷气。当时大厅上停在那里的两口丁氏的棺材，想是这一种冷气的发源之处，但泥墙倾圮，蛛网绕梁，与壁上挂在那里的字画屏条一对比，极自然地令人生出了"俯仰之间，已成陈迹"的感想。因为刚刚在看了这两处衰落的别

墅之后，所以一到花坞，就觉得清新安逸，像世外桃源的样子了。

自北高峰后，向北直下的这一条坞里，没有洋楼，也没有伟大的建筑，而从竹叶杂树中间透露出来的屋檐半角，女墙一围，看将过去却又显得异常的整洁，异常的清丽。英文字典里有 Cottage 的这一个名字；而形容这些茅屋田庄的安闲小洁的字眼，又有着许多像 Tiny, Dainty, Snug 的绝妙佳词，我虽则还没有到过英国的乡间，但到了花坞，看了这些小庵却不能自已地便想起了这种只在小说里读过的英文字母。我手指着那些在林间散点着的小小的茅庵，回头来就问车夫："我们可能进去？"车夫说："自然是可以的。"于是就在一曲溪旁，走上了山路高一段的地方，到了静掩在那里的，双黑板的墙门之外。

车夫使劲敲了几下，庵里的木鱼声停了，接着门里头就有一位女人的声音，问外面谁在敲门。车夫说明了来意，铁门闩一响，半边的门开了，出来迎接我们的，却是一位白发盈头，皱纹很少的老婆婆。

庵里面的洁净，一间一间小房间的布置的清华，以及庭前屋后树木的参差掩映，和厅上佛座下经卷的纵横，你若看了之后，仍不起皈依弃世之心的，我敢断定你就是没有感觉的木石。

那位带发修行的老比丘尼去为我们烧茶煮水的中间，我远远听见了几声从谷底传来的鹊噪的声音；大约天时向暮，乌鸦来归巢了，谷里的静，反因这几声的急噪，而加深了一层。

我们静坐着，喝干了两壶极清极酽的茶后，该回去了，迟疑了一会，我就拿出了一张纸币，当作茶钱，那一位老比丘尼却笑起来了，并且婉慢地说：

"先生！这可以不必；我们是清修的庵，茶水是不用钱买的。"

推让了半天，她不得已就将这一元纸币交给了车夫，说："这给你做个外快吧！"

这老尼的风度，和这一次逛花坞的情趣，我在十余年后的现在，还在津津地感到回味。所以前一礼拜的星期日，和新来杭州住的几位朋友遇见之后，他们问我"上哪里去玩？"我就立时提出了花坞，他们是有一乘自备汽车的，经松木场，过古荡东岳而去花坞，只须二十分钟，就可以到。

　　十余年来的变革，在花坞里也留下了痕迹。竹木的清幽，山溪的静妙，虽则还同太古时一样，但房屋加多了，地价当然也增高了几百倍；而最令人感到不快的，却是这花坞的住民的变作了狡猾的商人。庵里的尼媪，和退院的老僧，也不像从前的恬淡了，建筑物和器具之类，并且处处还受着了欧洲的下劣趣味的恶化。

　　同去的几位，因为没有见到十余年前花坞的处女时期，所以仍旧感觉得非常满意，以为九溪十八涧、云栖绝没有这样的清幽深邃；但在我的内心，却想起了一位素朴天真，沉静幽娴的少女，忽被有钱有势的人弃了的状态。

四季如歌

仰起头来看看青天,空气澄清得怖人;
各处散射在那里的阳光,又好像要对我说一句什么可怕的话,
但是因为爱我怜我的缘故,不敢马上说出来的样子。
脚底下铺着扫不尽的落叶,忽而索落索落的响了一声,
待我低下头来,向发出声音来的地方望去,
却又看不出什么动静来了,这大约是我们庭后的那一棵槐树,
又摆脱了一叶负担了罢。

郁达夫 散文

小春天气

一

与笔砚疏远以后,好像是经过了不少时日的样子。我近来对于时间的观念,一点儿也没有了。总之案头堆着的从南边来的两三封问我何以老不写信的家信,可以作我久疏笔砚的明证。所以从头计算起来,大约自我发表最后的一篇整个儿的文字到现在,总已有一年以上,而自我的右手五指,抛离纸笔以来,至少也得有两三个月的光景。以天地之悠悠,而来较量这一年或三个月的时间,大约总不过似骆驼身上的半截毫毛;但是由先天不足,后天亏损——这是我们中国医生常说的话,我这样的用在这里,请大家不要笑我——的我说来,渺焉一身,寄住在这北风凉冷的皇城人海中间,受尽了种种欺凌侮辱,竟能安然无事的经过这么长的一段时间,却是一种摩西以后的最大奇迹。

回想起来这一年的岁月,实在是悠长的很呀!绵绵钟鼓初长的秋夜,我当众人睡尽的中宵,一个人在六尺方的卧房里踱来踱去,想想我的女人,想想我的朋友,想想我的黯淡的前途,曾经熏烧了多少支的短长烟卷?睡不着的时候,我一个人拿了蜡烛,幽脚幽手的跑上厨房去烧些风鸡糟鸭来下酒的事情,也不止三次五次。而由现在回顾当时,那时候初到北京后的这种不安焦躁的神情,却只似儿时的一场噩梦,相去好像已经有十几年的样子,你说这一年的岁月对我是长也不长?

这分外的觉得岁月悠长的事情,不仅是意识上的问题,实际上这一年来我的肉体精神两方面,都印上了这人家以为很短而在我却是很长的时间的烙印。去年十月在黄浦江头送我上船的几位可怜的朋友,若在今年此刻,和我相遇于途中,大约他们看见了我,总只是轻轻的送我一瞥,必定会仍复不改常态地向前走去的。(虽则我的心里在私心默祷,使我遇见了他们,不要也不认识他们!)

这一年的中间,我的衰老的气象,实在是太急速的侵袭到了,急速的,真真是很急速的。"白发三千丈"一流的夸张的比喻,我们暂且不去用它,就减之又减的打一个折扣来说罢,我在这一年中间,至少也的的确确的长了十岁年纪。牙齿也掉了,记忆力也消退了,对镜子剃削胡髭的早晨,每天都要很惊异地往后看一看,以为镜子里反映出来的,是别一个站在我后面的没有到四十岁的半老人。腰间的皮带,尽是一个窟窿一个窟窿的往里缩,后来现成的孔儿不够,却不得不重用钻子来新开,现在已经开到第二个了。最使我伤心的是当人家欺凌我侮辱我的时节,往日很容易起来的那一种愤激之情,现在怎么也鼓励不起来。非但如此,当我觉得受了最大的侮辱的时候,不晓从何处来的一种滑稽的感想,老要使我作会心的微笑。不消说年轻时候的种种妄想,早已消磨得干干净净,现在我连自家的女人小孩的生存,和家中老母的健否等问题都想不起来,有时候上街去雇得着车,坐在车上,只想车夫走往向阳的地方去——因为我现在忽而怕起冷来了——慢一点儿走,好使我饱看些街上来往的行人,和组成现代的大同世界的形形色色。看倦了,走倦了,跑回家来,只想弄些美味的东西吃吃,并且一边吃,一边还要想出如何能够使这些美味的东西吃下去不会饱胀的方法来,因为我的牙齿不好,消化不良,美味的东西,老怕不能一天到晚不间断的吃过去。

二

现在我们在这里所享有的,是一年中间最好不过的十月。江北江南,正是小春的时候。况且世界又是大同,东洋车,牛车,马车上,一闪一闪的在微风里飘荡的,都是些除五色旗外的世界各国的旗子。天色苍苍,又高又远,不但我们大家酣歌笑舞的声音,达不到天听,就是我们的哀号狂泣,也和耶和华的耳朵,隔着蓬山几千万叠。生逢这样的太平盛世,依理我也应该向长安的落日,遥进一杯

祝颂南山的寿酒，但不晓怎么的，我自昨天以来，明镜似的心里，又忽而起了一层翳障。

仰起头来看看青天，空气澄清得怖人；各处散射在那里的阳光，又好像要对我说一句什么可怕的话，但是因为爱我怜我的缘故，不敢马上说出来的样子。脚底下铺着扫不尽的落叶，忽而索落索落的响了一声，待我低下头来，向发出声音来的地方望去，却又看不出什么动静来了，这大约是我们庭后的那一棵槐树，又摆脱了一叶负担了罢。正是午前十点钟的光景，家里的人都出去了，我因为孤零丁一个人在屋里坐不住，所以才踱到院子里来的，然而在院子里站了一忽，也觉得没有什么意思，昨晚来的那一点小小的忧郁，仍复笼罩在我的心上。

当半年前，每天只是忧郁的连续的时候，倒反而有一种余裕来享乐这一种忧郁，现在连快乐也享受不了的我的脆弱的身心，忽而沾染了这一层虽则是很淡很淡，但也好像是很深的隐忧，只觉得坐立都是不安。没有方法，我就把香烟连续地吸了好几支。

是神明的摄理呢？还是我的星命的佳会？正在这无可奈何的时候，门铃儿响了。小朋友G君，背了水彩画具架进来说：

"达夫，我想去郊外写生，你也同我去郊外走走吧！"

G君年纪不满二十，是一位很活泼的青年画家，因为我也很喜欢看画，所以他老上我这里来和我讲些关于作画的事情。据他说："今天天气太好，坐在家里，太对大自然不起，还是出去走走的好。"我换了衣服，一边和他走出门来，一边告诉门房"中饭不来吃，叫大家不要等我"的时候，心理所感得的喜悦，真觉得怎么也形容不出来。

三

本来是没有一定目的地的我们，到了路上，自然而然地走向西去，出了平则门。阳光不问城内城外，一例的很丰富的洒在那里。城门附近的小摊儿上，在那里摊开花生米的小贩，大约是因为他穿着的那件宽大的夹袄的原因罢，觉得他的身上也反映着一味秋气。茶馆里的茶客，和路上来往的行人，在这样和煦的太阳光里，面上总脱不了一副贫陋的颜色；我看看这些人的样子，心里又有点不舒服起来，所以就叫G君避开城外的大街沿城折往北去。夏天常来的这城下长堤上，今天来往的大车特别的少。道旁的杨柳，颜色也变了，影子也疏了。城河里的浅水，依旧映着晴空，反射着日光，实际上和夏天并没有什么区别，但我觉得总有一种寂寥的感觉，浮在水面。抬头看看对岸，远近一排半凋的林木，纵横交错的列在空中。大地的颜色，也不似夏日的茏葱，地上的浅草都已枯尽，带起浅黄色来了。法国教堂的屋顶，也好像失了势力似的，在半凋的树林中孤立在那里。与夏天一样的，只有一排西山连亘的峰峦。大约是今天空气格外澄鲜的缘故罢，这排明褐色的屏障，觉得是近得多了，的确比平时近得多了。此外弥漫在空际的，只有明蓝澄洁的空气，悠久广大的天空和饱满的阳光，和暖的阳光。隔岸堤上，忽而走出了两个着灰色制服的兵来。他们拖了两个斜短的影子，默默地在向南的行走。我见了他们，想起了前几天平则门外的抢劫的事情，所以就对G君说：

"我看这里太辽阔，取不下景来，我们还是进城去吧！上小馆子去吃了午饭再说。"

G君踏来踏去的看了一会儿，对我笑着说："近来不晓怎么的，有一种莫名其妙的神秘的灵感，常常闪现在我的脑里。今天是不成了，没有带颜料和油画的家伙来。"他说着用手向远处教堂一指，同时又接着说：

"几时我想画画教堂里的宗教画看。"

"那好得很啊！"

猫猫虎虎的这样回答了一句，我就转换方向，慢慢的走回到城里来了。落后了几步，他又背着画具，慢慢的跟我走来。

四

喝了两斤黄酒，吃得满满的一腹。我和 G 君坐在洋车上，被拉往陶然亭去的时候，太阳已经打斜了。本来是有点醉意，又被午后的阳光一烘，我坐在车上，眼睛觉得渐渐的蒙眬了起来。洋车走尽了粉房琉璃街，过了几处高低不平的新开地，走入南下洼旷野的时候，我向右边一望，只见几列鳞鳞的屋瓦，半隐半现的在西边一带的疏林里跳跃。天色依旧是苍苍无底，旷野里的杂粮也已割尽，四面望去，只是洪水似的午后的阳光，和远远躺在阳光里的矮小的坛殿城池。我张了一张睡眼，向周围望了一圈，忽笑向 G 君说：

"秋气满天地，胡为君远行，这两句唐诗真有意思，要是今天是你去法国的日子，我在这里饯你的行，那么再比这两句诗适当的句子怕是没有了，哈哈……"

只喝了半小杯酒，脸上已涨得潮红的 G 君也笑着对我说：

"唐诗不是这样的两句，你记错了吧！"

两人在车上笑说着，洋车已经走入了陶然亭近旁的芦花丛里，一片灰白的毫芒，无风也自己在那里作浪。西边天际有几点青山隐隐，好像在那里笑着对我们点头。下车的时候，我觉得支持不住了，就对 G 君说：

"我想上陶然亭去睡一觉，你在这里画吧！现在总不过两点多钟，我睡醒了再来找你。"

五

陶然亭的听差的来摇我醒来的时候，西窗上已经射满了红色的残阳。我洗了洗手脸，喝了两碗清茶，从东面的台阶上下来，看见陶然亭的黑影，已经超过了东边的道路，遮满了一大块道路东面的芦花水地。往北走去，只见前后左右，尽是茫茫一片的白色芦花。西北抱冰堂一角，扩张着阴影，西侧面的高处，满挂了夕阳最后的余光，在那里催促农民的息作。穿过了香冢鹦鹉冢的土堆的东面，在一条浅水和墓地的中间，我远远认出了G君的侧面朝着斜阳的影子。从芦花铺满的野路上将走近G君背后的时候，我忽而气也吐不出来，向西边的瞪目呆住了。这样伟大的，这样迷人的落日的远景，我却从来还没有看见过。太阳离山，大约不过盈尺的光景，点点的遥山，淡得比初春的嫩草，还要虚无缥缈。监狱里的一架高亭，突出在许多有谐调的树林的枝干高头。芦根的浅水，满浮着芦花的绒穗，也不像积绒，也不像银河。芦萍开处，忽映出一道细狭而金赤的阳光，高冲牛斗。同是在这反光里飞坠的几簇芦绒，半边是红，半边是白。我向西呆看了几分钟，又回头向东北三面环眺几分钟，忽而把什么都忘掉了，连我自家的身体也忘掉了。

上前走了几步，在灰暗中我看见G君的两手，正在忙动。我叫了一声，G君头也不朝转来，很急促的对我说：

"你来，你来。来看我的杰作！"

我走近前去一看，他画架上，悬在那里，正在上色的，并不是夕阳，也不是芦花，画的中间，向右斜曲的，却是一条颜色很沉滞的大道。道旁是一处阴森的墓地，墓地的背后，有许多灰黑凋残的古木，横叉在空间。枯木林中，半弯下弦的残月，刚升起来，冷冷的月光，模糊隐约地照出了一只停在墓地树枝上的猫头鹰的半身。颜色虽则还没有上全，然而一道逼人的冷气，却从这幅未完的画面直向观者的脸上喷来。我簇紧了眉峰，对这画面静看了几分钟，抬起头来正想说话的时候，觉得太阳已经完全下山了，四面的薄暮的光景也比一刻前促迫了。尤其是使我惊恐的，是我抬起头来的时候，在我们的西北的墓地里，也有一个很淡很淡的黑影，动了一动。我默默地停了一会儿，惊心定后，再朝转头来看东边天上的时候，却见了一痕初五六的新月，悬挂在空中。又停了一会，把惊恐之心，按捺了下去，我才慢慢地对G君说：

"这一张小画，的确是你的杰作，未完的杰作。太晚了，快快起来，我们走罢！我觉得冷得很。"我话没有讲完，又对他那张画看了一眼，打了一个冷痉，忽而觉得毛发都辣竖了起来；同时自昨天来在我胸中盘踞着的那种莫名其妙的忧郁，又笼罩上我的心来了。

G君含了满足的微笑，尽在那里闭了一只眼睛——这是他的脾气——细看他那未完的杰作。我催了他好几次，他才起来收拾画具。我们二人慢慢地走回家来的时候，他也好像倦了，不愿意讲话，我也为那种忧郁所侵袭，不想开口。两人默默地走到灯火荧荧的民房很多的地方，G君开口问我说。

"这一张画的题目，我想叫《残秋的日暮》，你说好不好？"

"画上的表现，岂不是半夜的景象么？何以叫日暮呢？"

他听我这句话，又含了神秘的微笑说：

"这就是今天早晨我和你谈的神秘的灵感哟！我画的画，老喜欢依画画时候的情感季节来命题，画面和画题合不合，我是不管的。"

"那么，《残秋的日暮》也觉得太衰飒了，况且现在已经入了十月，十月小阳春，哪里是什么残秋呢？"

"那么我这张画就叫作《小春》吧！"

这时候我们已经走进了一条热闹的横街，两人各雇着洋车，分手回来的时候，上弦的新月，也已经起来得很高了。我一个人摇来摇去地被拉回家来，路上经过了许多无人来往的乌黑的僻巷。僻巷的空地道上，纵横倒在那里的，只是些房屋和电杆的黑影。从灯火辉煌的大街，忽而转入这样僻静的地方的时候，谁也会发生一种奇怪的感觉出来，我在这初月微明的天盖下面苍茫四顾，也忽而好像是遇见了什么似的，心里的那一种莫名其妙的忧郁，更深起来了。

杂谈七月

阴历的七月天，实在是一年中最好的时候，所谓"已凉天气未寒时"也，因而民间对于七月的传说、故事之类，也特别的多。诗人善感，对于秋风的惨淡，会发生感慨，原是当然。至于一般无敏锐感受性的平民，对于七月，也会得这样讴歌颂扬的原因，想来总不外乎农忙已过，天气清凉，自己可以安稳来享受自己的劳动结果的缘故；虽然在水旱成灾，丰收也成灾，农村破产的现代中国，农民对于秋的感觉如何，许还是一个问题。

七月里的民间传说最有诗味的，当然是七夕的牛郎织女的事情，小泉八云有一册银河故事，所记的，是日本乡间，于七夕晚上，悬五色诗笺于竹竿，掷付清溪，使水流去的雅人雅事，中间还译了好几首日本的古歌在那里。

其次是七月十五的盂兰盆会；这典故的出处，大约是起因于盂兰盆经的目莲救母的故事的，不过后来愈弄愈巧，便有刻木割竹，饴蜡剪彩，模花叶之形状等妙技了。日本乡间，在七月十五的晚上，并且有男女野舞，真舞到天明的习俗，名曰盆踊。鄙人在日光、盐原等处，曾有几次躬逢其盛，觉得那一种农民的原始的跳舞，与月下的乡村男女酬歌戏谑的情调，实在是有些写不出来的愉快的地方。这些日本的七月里的遗俗，不知道是不是我们隋唐时代的国产，这一点，倒很想向考据家们请教一番。

因目莲救母的故事而来的点缀，还有七月三十日的放河灯与插地藏香等闹事。从前寄寓在北平什刹海的北岸，每到秋天，走过积水潭的净业庵头，就要想起王次回的"秋夜河灯净业庵"那一首绝句。听说绍兴有大规模的目莲戏班和目莲戏本，不知道这目莲戏在绍兴，是不是也是农民在七月里的业余余兴？

杭州的八月

杭州的废历八月，也是一个极热闹的月份。自七月半起，就有桂花栗子上市了，一入八月，栗子更多，而满觉陇南高峰翁家山一带的桂花，更开得来香气醉人。八月之名桂月，要身入到满觉陇去过一次后，才领会得到这名字的相称。

除了这八月里的桂花，和中国一般的八月半的中秋佳节之外，在杭州还有一个八月十八的钱塘江的潮汛。

钱塘的秋潮，老早就有名了，传说就以为是吴王夫差杀伍子胥沉之于江，子胥不平，鬼在作怪之故。《论衡》里有一段文章，驳斥这事，说得很有理由："儒书言'吴王夫差杀伍子胥，煮之于镬，盛于囊，投之于江，子胥恚恨，临水为涛，溺杀人。'夫言吴王杀伍子胥，投之于江，实也，言其恨恚，临水为涛者，虚也，且卫菹子路，而汉烹彭越，子胥勇猛，不过子路彭越，然二子不能发怒于鼎镬之中，子胥亦然，自先入鼎镬，后乃入江，在镬之时其神岂怯而勇于江水哉？何其怒气前后不相副也？"可是《论衡》的理由虽则充足，但传说的力量，究竟十分伟大，至今不但是钱塘江头，就是庐州城内淝河岸边，以及江苏福建等滨海傍湖之处，仍旧还看得见塑着白马素车的伍大夫庙。

钱塘江的潮，在古代一定比现时还要来得大。这从高僧传唐灵隐寺释宝达，诵咒咒之，江潮方不至激射潮上诸山的一点，以及南宋高宗看潮，只在江干候潮门外搭高台的一点看来，就可以明白。现在则非要东去海宁，或五堡八堡，才看得见银海潮头一线来了。这事情从阮元的《擘经室集·浙江图考》里，也可以看得到一些理由，而江身沙涨，总之是潮不远上的一个最大原因。

还有梁开平四年，钱武肃王为筑捍海塘，而命强弩数百射涛头，也只在候潮通江门外。至今海宁江边一带的铁牛镇铸，显然是师武肃王的遗意，后人造作的东西。（我记得铁牛铸成的年份，是在清顺治年间，牛身上印在那里的文字，还隐约辨得出来。）

沧桑的变革，实在厉害得很，可是杭州的住民，直到现在，在靠这一次秋潮而发点小财，做些买卖的，为数却还不少哩！

故都的秋

秋天，无论在什么地方的秋天，总是好的；可是啊，北国的秋，却特别地来得清，来得静，来得悲凉。我的不远千里，要从杭州赶上青岛，更要从青岛赶上北平来的理由，也不过想饱尝一尝这"秋"，这故都的秋味。

江南，秋当然也是有的；但草木凋得慢，空气来得润，天的颜色显得淡，并且又时常多雨而少风；一个人夹在苏州上海杭州，或厦门香港广州的市民中间，混混沌沌地过去，只能感到一点点清凉，秋的味，秋的色，秋的意境与姿态，总看不饱，尝不透，赏玩不到十足。秋并不是名花，也并不是美酒，那一种半开，半醉的状态，在领略秋的过程上，是不合适的。

不逢北国之秋，已将近十余年了。在南方每年到了秋天，总要想起陶然亭的芦花，钓鱼台的柳影，西山的虫唱，玉泉的夜月，潭柘寺的钟声，在北平即使不出门去罢，就是在皇城人海之中，租人家一椽破屋来住着，早晨起来，泡一碗浓茶，向院子一坐，你也能看得到很高很高的碧绿的天色，听得到青天下驯鸽的飞声。从槐树叶底，朝东细数着一丝一丝漏下来的日光，或在破壁腰中，静对着像喇叭似的牵牛花（朝荣）的蓝朵，自然而然地也能够感觉到十分的秋意。说到了牵牛花，我以为以蓝色或白色者为佳，紫黑色次之，淡红色最下。最好，还要在牵牛花底，教长着几根疏疏落落的尖细且长的秋草，使作陪衬。

北国的槐树，也是一种能使人联想起秋来的点缀。像花而又不是花的那一种落蕊，早晨起来，会铺得满地。脚踏上去，声音也没有，气味也没有，只能感出一点点极微细极柔软的触觉。扫街的在树影下一阵扫后，灰土上留下来的一条条扫帚的丝纹，看起来既觉得细腻，又觉得清闲，潜意识下并且还觉得有点儿落寞，古人所说的梧桐一叶而天下知秋的遥想，大约也就在这些深沉的地方。

秋蝉的衰弱的残声，更是北国的特产；因为北平处处全长着树，屋子又低，所以无论在什么地方，都听得见它们的啼唱。在南方是非要上郊外或山上才听得到的。这秋蝉的嘶叫，在北平可和蟋蟀耗子一样，简直像是家家户户都养在家里的家虫。

还有秋雨哩，北方的秋雨，也似乎比南方的下得奇，下得有味，下得更像样。

在灰沉沉的天底下，忽而来一阵凉风，便息列索落地下起雨来了。一层雨过，云渐渐地卷向了西去，天又晴了，太阳又露出脸来了，着着很厚的青布单衣或夹袄的都市闲人，咬着烟管，在雨后的斜桥影里，上桥头树底去一立，遇见熟人，便会用了缓慢悠闲的声调，微叹着互答着的说：

"唉，天可真凉了——"（这了字念得很高，拖得很长。）

"可不是么？一层秋雨一层凉啦！"

北方人念阵字，总老像是层字，平平仄仄起来，这念错的歧韵，倒来得正好。

北方的果树，到秋来，也是一种奇景。第一是枣子树，屋角，墙头，茅房边上，灶房门口，它都会一株株的长大起来。像橄榄又像鸽蛋似的这枣子颗儿，在小椭圆形的细叶中间，显出淡绿微黄的颜色的时候，正是秋的全盛时期，等树叶落，枣子红完，西北风就要起来了，北方便是尘沙灰土的世界，只有这枣子、柿子、葡萄，成熟到八九分的七八月之交，是北国的清秋的佳日，是一年之中最好也没有的 Golden Days。

有些批评家说，中国的文人学士，尤其是诗人，都带着很浓厚的颓废色彩，所以中国的诗文里，颂赞秋的文字特别的多。但外国的诗人，又何尝不然？我虽则外国诗文念得不多，也不想开出账来，做一篇秋的诗歌散文钞，但你若去一翻英德法意等诗人的集子，或各国的诗文的 Anthology 来，总能够看到许多关于秋的歌颂与悲啼。各著名的大诗人的长篇田园诗或四季诗里，也总以关于秋的部分，写得最出色而最有味。足见有感觉的动物，有情趣的人类，对于秋，总是一样的能特别引起深沉，幽远，严厉，萧索的感触来的。不单是诗人，就是被关闭在牢狱里的囚犯，到了秋天，我想也一定会感到一种不能自已的深情；秋之于人，何尝有国别，更何尝有人种阶级的区别呢？不过在中国，文字里有一个"秋士"的成语，读本里又有着很普遍的欧阳子的《秋声》与苏东坡的《赤壁赋》等，就觉得中国的文人，与秋的关系特别深了。可是这秋的深味，尤其是中国的秋的深味，非要在北方，才感受得到底。

南国之秋，当然是也有它的特异的地方的，譬如廿四桥的明月，钱塘江的秋潮，普陀山的凉雾，荔枝湾的残荷等等，可是色彩不浓，回味不永。比起北国的秋来，正像是黄酒之与白干，稀饭之与馍馍，鲈鱼之与大蟹，黄犬之与骆驼。

秋天,这北国的秋天,若留得住的话,我愿意把寿命的三分之二折去,换得一个三分之一的零头。

江南的冬景

凡在北国过过冬天的人,总都知道围炉煮茗,或吃涮羊肉,剥花生米,饮白干的滋味。而有地炉、暖炕等设备的人家,不管它门外面是雪深几尺,或风大若雷,而躲在屋里过活的两三个月的生活,却是一年之中最有劲的一段蛰居异境;老年人不必说,就是顶喜欢活动的小孩子们,总也是个个在怀恋的,因为当这中间,有的是萝卜,雅儿梨等水果的闲食,还有大年夜、正月初一、元宵等热闹的节期。

但在江南,可又不同;冬至过后,大江以南的树叶,也不至于脱尽。寒风——西北风——间或吹来,至多也不过冷了一日两日。到得灰云扫尽,落叶满街,晨霜白得像黑女脸上的脂粉似的清早,太阳一上屋檐,鸟雀便又在吱叫,泥地里便又放出水蒸气来,老翁小孩就又可以上门前的隙地里去坐着曝背谈天,营屋外的生涯了;这一种江南的冬景,岂不也可爱得很吗?

我生长江南,儿时所受的江南冬日的印象,铭刻特深;虽则渐入中年,又爱上了晚秋,以为秋天正是读读书,写写字的人的最惠季节,但对于江南的冬景,总觉得是可以抵得过北方夏夜的一种特殊情调,说得摩登些,便是一种明朗的情调。

我也曾到过闽粤,在那里过冬天,和暖原极和暖,有时候到了阴历的年边,说不定还不得不拿出纱衫来着;走过野人的篱落,更还看得见许多杂七杂八的秋花!一番阵雨雷鸣过后,凉冷一点;至多也只好换上一件夹衣,在闽粤之间,皮袍棉袄是绝对用不着的;这一种极南的气候异状,并不是我所说的江南的冬景,只能叫它作南国的长春,是春或秋的延长。

江南的地质丰腴而润泽,所以含得住热气,养得住植物;因而长江一带,芦花可以到冬至而不败，红叶亦有时候会保持得三个月以上的生命。像钱塘江两岸的乌桕树，则红叶落后，还有雪白的桕子着在枝头，一点一丛，用照相机照将出来，可以乱梅花之真。草色顶多成了赭色，根边总带点绿意，非但野火烧不尽，就是寒风也吹不倒的。若遇到风和日暖的午后，你一个人肯上冬郊去走走，则青天碧落之下，你不但感不到岁时的肃杀，并且还可以饱觉着一种莫名其妙的含蓄在那里的生气；"若是冬天来了，春天也总马上会来"的诗人的名句，只有在江南的山野里，最容易体会得出。

　　说起了寒郊的散步，实在是江南的冬日，所给予江南居住者的一种特异的恩惠；在北方的冰天雪地里生长的人，是终他的一生，也绝不会有享受这一种清福的机会的。我不知道德国的冬天，比起我们江浙来如何，但从许多作家的喜欢以 Spaziergang 一字来做他们的创造题目的一点看来，大约是德国南部地方，四季的变迁，总也和我们的江南差仿不多。譬如说十九世纪的那位乡土诗人洛在格（Peter Rosegger 1843 年—1918 年）罢，他用这一个"散步"做题目的文章尤其写得多，而所写的情形，却又是大半可以拿到中国江浙的山区地方来适用的。

　　江南河港交流，且又地滨大海，湖沼特多，故空气里时含水分；到得冬天，不时也会下着微雨，而这微雨寒村里的冬霖景象，又是一种说不出的悠闲境界。你试想想，秋收过后，河流边三五家人家会聚在一道的一个小村子里，门对长桥，窗临远阜，这中间又多是树枝槎桠的杂木树林；在这一幅冬日农村的图上，再撒上一层细得同粉也似的白雨，加上一层淡得几不成墨的背景，你说还够不够悠闲？若再要点景致进去，则门前可以泊一只乌篷小船，茅屋里可以添几个喧哗的撒客，天垂暮了，还可以加一味红黄，在茅屋窗中画上一圈暗示着灯光的月晕。人到了这一个境界，自然会得胸襟洒脱起来，终至于得失俱亡，死生不问了；我们总该还记得唐朝那位诗人做的"暮雨潇潇江上树"的一首绝句罢？诗人到此，连对绿林豪客都客气起来了，这不是江南冬景的迷人又是什么？

　　一提到雨，也就必然的要想到雪，"晚来天欲雪，能饮一杯无？"自然是江南日暮的雪景。"寒沙梅影路，微雪酒香村"，则雪月梅的冬宵三友，会合在一道，在调戏酒姑娘了。"柴门闻犬吠，风雪夜归人"，是江南雪夜，更深人静后的景况。"前村深雪里，昨夜一枝开"又到了第二天的早晨，和狗一样喜欢弄雪的村童来报告村景了。诗人的诗句，也许不尽是在江南所写，而做这几句诗的诗人，也许不尽是江南人，但假了这几句诗来描写江南的雪景，岂不直截了当，比我这一支愚劣的笔所写的散文更美丽得多？

有几年，在江南也许会没有雨没有雪的过一个冬，到了春间阴历的正月底或二月初再冷一冷下一点春雪的；去年（1934年）的冬天是如此，今年的冬天恐怕也不得不然，以节气推算起来，大约大冷的日子，将在1936年的2月尽头，最多也总不过是七八天的样子。像这样的冬天，乡下人叫作旱冬，对于麦的收成或者好些，但是人口却要受到损伤；旱得久了，白喉、流行性感冒等疾病自然容易上身，可是想恣意享受江南的冬景的人，在这一种冬天，倒只会得感到快活一点，因为晴和的日子多了，上郊外去闲步逍遥的机会自然也多；日本人叫做Hikeng，德国人叫做Spaziergang狂者，所最欢迎的也就是这样的冬天。

窗外的天气晴朗得像晚秋一样；晴空的高爽，日光的洋溢，引诱得使你在房间里坐不住，空言不如实践，这一种无聊的杂文，我也不再想写下去了，还是拿起手杖，搁下纸笔，上湖上散散步吧！

立秋之夜

黢黑的天空里，明星如棋子似的散布在那里。比较狂猛的大风，在高处呜呜地响。马路上行人不多，但也不断。汽车过处，或天风落下来，阿斯法儿脱的路上，时时转起一阵黄沙，是穿着单衣觉得不热的时候。马路两旁永夜不熄的电灯，比前半夜减了光辉，各家店门已关上了。

两人尽默默地在马路上走。后面一个穿着一套半旧的夏布洋服，前面的穿着不流行的白纺绸长衫。他们两个原是朋友，穿洋服的是在访一个同乡的归途，穿长衫的是从一个将赴美国的同志那里回来，二人系在马路上偶然遇着的。二人都

是失业者。

"你上哪里去?"

走了一段,穿洋服的问穿长衫的说。

穿长衫的没有回话,默默地走了一段,头也不朝转来,反问穿洋服的说:

"你上哪里去?"

穿洋服的也不回答,默默地尽沿了电车线路在那里走。二人正走到一处电车停留处,后面一乘回车库去的末次电车来了。穿长衫的立下来停了一停,等后面的穿洋服的。穿洋服的慢慢走到穿长衫的身边的时候,停下的电车又开出去了。

"你为什么不坐了这电车回去?"

穿长衫的问穿洋服的说。穿洋服的不答,却脚也不停慢慢地向前走了,穿长衫的就在后面跟着。

二人走到一处三岔路口了。穿洋服的立下来停了一停。穿长衫的走近了穿洋服的身边,脚也不停下来,仍复慢慢地前进。穿洋服的一边跟着,一边问:

"你为什么不走这岔路回去?"

二人默默地前去,他们的影子渐渐儿离三岔路口远了下去,小了下去;过了一忽,他们的影子就完全被夜气吞没了。三岔路口落了天风,转起了一阵黄沙。比较狂猛的风,呜呜地在高处响着,一乘汽车来了,三岔路口又转起了一阵黄沙。这是立秋的晚上。

北平的四季

对于一个已经化为异物的故人,追怀起来,总要先想到他或她的好处;随后再慢慢地想想,则觉得当时所感到的一切坏处,也会变作很可寻味的一些纪念,在回忆里开花。关于一个曾经住过的旧地,觉得此生再也不会第二次去长住了,身处入了远离的一角,向这方向的云天遥望一下,回想起来的,自然也同样地只是它的好处。

中国的大都会，我前半生住过的地方，原也不在少数；可是当一个人静下来回想起从前，上海的闹热，南京的辽阔，广州的乌烟瘴气，汉口武昌的杂乱无章，甚至于青岛的清幽，福州的秀丽，以及杭州的沉着，总归都还比不上北京——我住在那里的时候，当然还是北京——的典丽堂皇，幽闲清妙。

先说人的分子罢，在当时的北京——民国十一二年前后——上自军财阀政客名优起，中经学者名人，文士美女教育家，下而至于负贩拉车铺小摊的人，都可以谈谈，都有一技之长，而无憎人之貌；就是由荐头店荐来的老妈子，除上炕者是当然以外，也总是衣冠楚楚，看起来不觉得会令人讨嫌。

其次说到北京物质的供给哩，又是山珍海货，洋广杂货，以及萝卜白菜等本地产品，无一不备，无一不好的地方。所以在北京住上两三年的人，每一遇到要走的时候，总只感到北京的空气太沉闷，灰沙太暗淡，生活太无变化；一鞭出走，出前门便觉胸舒，过芦沟方知天晓，仿佛一出都门，就上了新生活开始的坦道似的；但是一年半载，在北京以外的各地——除了在自己幼年的故乡以外——去一住，谁也会得重想起北京，再希望回去，隐隐地对北京害起剧烈的怀乡病来。这一种经验，原是住过北京的人，个个都有，而在我自己，却感觉得格外的浓，格外的切。最大的原因或许是为了我那长子之骨，现在也还埋在郊外广谊园的坟山，而几位极要好的知己，又是在那里同时毙命的受难者的一群。

北平的人事品物，原是无一不可爱的，就是大家觉得最要不得的北平的天候，和地理联合上一起，在我也觉得是中国各大都会中所寻不出几处来的好地。为叙述的便利起见，想分成四季来约略地说说。

北平自入旧历的十月之后，就是灰沙满地，寒风刺骨的季节了，所以北平的冬天，是一般人所最怕过的日子。但是要想认识一个地方的特异之处，我以为顶好是当这特异处表现得最圆满的时候去领略；故而夏天去热带，寒天去北极，是我一向所持的哲理。北平的冬天，冷虽则比南方要冷得多；但是北方生活的伟大幽闲，也只有在冬季，使人感受得最彻底。

先说房屋的防寒装置罢，北方的住屋，并不同南方的摩登都市一样，用的是钢骨水泥，冷热气管；一般的北方人家，总只是矮矮的一所四合房，四面是很厚的泥墙；上面花厅内都有一张暖炕，一所回廊；廊子上是一带明窗，窗眼里糊着薄纸，薄纸内又装上风门，另外就没有什么了。在这样简陋的房屋之内，你只教把炉子一生，电灯一点，棉门帘一挂上，在屋里住着，却一辈子总是暖烘烘像是春三四月里的样子。尤其会得使你感觉到屋内的温软堪恋的，是屋外窗外面呜呜在叫啸的西北风。天色老是灰沉沉的，路上面也老是灰的围障，而从风尘灰土中下车，一踏进屋里，就觉得一团春气，包围在你的左右四周，使你马上就忘记了屋外的一切寒冬的苦楚。若是喜欢吃吃酒，烧烧羊肉锅的人，那冬天的北方生活，就更加不能够割舍；酒已经是御寒的妙药了，再加上以大蒜与羊肉酱油合煮的香味，简直可以使一室之内，涨满了白蒙蒙的水蒸温气。玻璃窗内，前半夜，会流下一条条的清汗，后半夜就变成了花色奇异的冰纹。

　　到了下雪的时候哩，景象当然又要一变。早晨从厚棉被里张开眼来，一室的清光，会使你的眼睛眩晕。在阳光照耀之下，雪也一粒一粒的放起光来了，蛰伏得很久的小鸟，在这时候会飞出来觅食振翎，谈天说地，吱吱的叫个不休。数日来的灰暗天空，愁云一扫，忽然变得澄清见底，翳障全无；于是年轻的北方住民，就可以营屋外的生活了，溜冰，做雪人，赶冰车雪车，就在这一种日子里最有劲儿。

　　我曾于这一种大雪时晴的傍晚，和几位朋友，跨上跛驴，出西直门上骆驼庄去过一夜。北平郊外的一片大雪地，无数枯树林，以及西山隐隐现现的不少白峰头，和时时吹来的几阵雪样的西北风，所给予人的印象，实在是深刻，伟大，神秘到了不可以言语来形容。直到十余年后的现在，我一想起当时的情景，还会得打一个寒战而吐一口清气，如同在钓鱼台溪旁立着的一瞬间一样。

　　北国的冬宵，更是一个特别适合于看书，写信，追思过去，与作闲谈说废话的绝妙时间。记得当时我们弟兄三人，都住在北京，每到了冬天的晚上，总不远千里地走拢来聚在一道，会谈少年时候在故乡所遇所见的事事物物。小孩们上床去了，佣人们也都去睡觉了，我们弟兄三人，还会得再加一次煤再加一次煤地长谈下去。有几宵因为屋外面风紧天寒之故，到了后半夜的一两点钟的时候，便不约而同地会说出索性坐坐到天亮的话来。像这一种可宝贵的记忆，像这一种最深沉的情调，本来也就是一生中不能够多享受几次的昙花佳境，可是若不是在北平的冬天的夜里，那趣味也一定不会得像如此的悠长。

总而言之，北平的冬季，是想赏识赏识北方异味者之唯一的机会；这一季里的好处，这一季里的琐事杂忆，若要详细地写起来，总也有一部《帝京景物略》那么大的书好做；我只记下了一点点自身的经历，就觉得过长了，下面只能再来略写一点春和夏以及秋季的感怀梦境，聊作我的对这日就沦亡的故国的哀歌。

春与秋，本来是在什么地方都属可爱的时节，但在北平，却与别的地方也有点儿两样。北国的春，来得较迟，所以时间也比较短。西北风停后，积雪渐渐地消了，赶牲口的车夫身上，看不见那件光板老羊皮的大袄的时候，你就得预备着游春的服饰与金钱；因为春来也无信，春去也无踪，眼睛一眨，在北平市内，春光就会得同飞马似的溜过。屋内的炉子，刚拆去不久，说不定你就马上得去叫盖凉棚的才行。

而北方春天的最值得记忆的痕迹，是城厢内外的那一层新绿，同洪水似的新绿。北京城，本来就是一个只见树木不见屋顶的绿色的都会，一踏出九城的门户，四面的黄土坡上，更是杂树丛生的森林地了；在日光里颤抖着的嫩绿的波浪，油光光，亮晶晶，若是神经系统不十分健全的人，骤然间身入到这一个淡绿色的海洋涛浪里去一看，包管你要张不开眼，立不住脚，而昏厥过去。

北平市内外的新绿，琼岛春阴，西山挹翠诸景里的新绿，真是一幅何等奇伟的外光派的妙画！但是这画的框子，或者简直说这画的画布，现在却已经完全掌握在一只满长着黑毛的巨魔的手里了！北望中原，究竟要到哪一日才能够重见得到天日呢？

从地势纬度上讲来，北方的夏天，当然要比南方的夏天来得凉爽。在北平城里过夏，实在是并没有上北戴河或西山去避暑的必要。一天到晚，最热的时候，只有中午到午后三四点钟的几个钟头，晚上太阳一下山，总没有一处不是凉阴阴要穿单衫才能过去的；半夜以后，更是非盖薄棉被不可了。而北平的天然冰的便宜耐久，又是夏天住过北平的人所忘不了的一件恩惠。

我在北平，曾经过过三个夏天；像什刹海、菱角沟、二闸等暑天游耍的地方，当然是都到过的；但是在三伏的当中，不问是白天或是晚上，你只教有一张藤榻，搬到院子里的葡萄架下或藤花阴处去躺着，吃吃冰茶雪藕，听听盲人的鼓词与树上的蝉鸣，也可以一点儿也感不到炎热与熏蒸。而夏天最热的时候，在北平顶多总不过九十四五度，这一种大热的天气，全夏顶多顶多又不过十日的样子。

在北平，春夏秋的三季，是连成一片；一年之中，仿佛只有一段寒冷的时期，和一段比较得温暖的时期相对立。由春到夏，是短短的一瞬间，自夏到秋，也只觉得是过了一次午睡，就有点儿凉冷起来了。因此，北方的秋季也特别的觉得长，而秋天的回味，也更觉得比别处来得浓厚。前两年，因去北戴河回来，我曾在北平过过一个秋，在那时候，已经写过一篇《故都的秋》，对这北平的秋季颂赞过一道了，所以在这里不想再来重复；可是北平近郊的秋色，实在也正像是一册百读不厌的奇书，使你愈翻愈会感到兴趣。

秋高气爽，风日晴和的早晨，你且骑着一匹驴子，上西山八大处或玉泉山碧云寺去走走看；山上的红柿，远处的烟树人家，郊野里的芦苇黍稷，以及在驴背上驮着生果进城来卖的农户佃家，包管你看一个月也不会看厌。春秋两季，本来是到处都好的，但是北方的秋空，看起来似乎更高一点，北方的空气，吸起来似乎更干燥健全一点。而那一种草木摇落，金风肃杀之感，在北方似乎也更觉得要严肃，凄凉，沉静得多。你若不信，你且去西山脚下，农民的家里或古寺的殿前，自阴历八月至十月下旬，去住它三个月看看。古人的"悲哉秋之为气"以及"胡笳互动，牧马悲鸣"的那一种哀感，在南方是不大感觉得到的，但在北平，尤其是在郊外，你真会得感至极而涕零，思千里兮命驾。所以我说，北平的秋，才是真正的秋；南方的秋天，不过是英国话里所说的 Indian Summer 或叫作小春天气而已。

统观北平的四季，每季每节，都有它的特别的好处；冬天是室内饮食奄息的时期，秋天是郊外走马调鹰的日子，春天好看新绿，夏天饱受清凉。至于各节各季，正当移换中的一段时间哩，又是别一种情趣，是一种两不相连，而又两都相合的中间风味，如雍和宫的打鬼，净业庵的放灯，丰台的看芍药，万牲园的寻梅花之类。

五六百年来文化所聚萃的北平，一年四季无一月不好的北平，我在遥忆，我也在深祝，祝她的平安进展，永久地为我们黄帝子孙所保有的旧都城！

精神家园

在学校里既然成了一个不入伙的孤独的游离分子,
我的情感,我的时间与精力,当然只有钻向书本子去的一条出路。
于是几个由零用钱里节省下来的仅少的金钱,
就做了我的唯一娱乐积买旧书的源头活水。

郁达夫 散文

孤独者

——自传之六

里外湖的荷叶荷花,已经到了凋落的初期,堤边的杨柳,影子也淡起来了。几只残蝉,刚在告人以秋至的七月里的一个下午,我又带了行李,到了杭州。

因为是中途插班进去的学生,所以在宿舍里,在课堂上,都和同班的老学生们,仿佛是两个国家的国民。从嘉兴府中,转到了杭州府中,离家的路程,虽则是近了百余里,但精神上的孤独,反而更加深了!不得已,我只好把热情收敛,转向了内,固守着我自己的壁垒。

当时的学堂里的课程,英文虽也是重要的科目,但究竟还是旧习难除,中国文依旧是分别等第的最大标准。教国文的那一位桐城派的老将王老先生,于几次作文之后,对我有点注意起来了,所以进校后将近一个月光景的时候,同学们居然赠了我一个"怪物"的绰号;因为由他们眼里看来,这一个不善交际,衣装朴素,说话也不大会说的乡下蠢材,做起文章来,竟也会得压倒侪辈,当然是一件非怪物不能的天大的奇事。

杭州终究是一个省会,同学之中,大半是锦衣肉食的乡宦人家的子弟。因而同班中衣饰美好,肉色细白,举止娴雅,谈吐温存的同学,不知道有多少。而最使我惊异的,是每一个这样的同学,总有一个比他年长一点的同学,附随在一道的那一种现象。在小学里,在嘉兴府中里,这一种风气,并不是说没有,可是绝没有像当时杭州府中那么的风行普遍。而有几个这样的同学,非但不以被视作女性为可耻,竟也有熏香敷粉,故意在装腔作怪,卖弄富有的。我对这一种情形看得真有点气,向那一批所谓 Foe 的同学,当然是很明显地表示了恶感,就是向那些年长一点的同学,也时时露出了敌意;这么一来,我的"怪物"之名,就愈传愈广，我与他们之间的一条墙壁，自然也愈筑愈高了。

在学校里既然成了一个不入伙的孤独的游离分子，我的情感，我的时间与精力，当然只有钻向书本子去的一条出路。于是几个由零用钱里节省下来的仅少的金钱，就做了我的唯一娱乐积买旧书的源头活水。

那时候的杭州的旧书铺，都聚集在丰乐桥，梅花碑的两条直角形的街上。每当星期假日的早晨，我仰卧在床上，计算计算在这一礼拜里可以省下来的金钱，和能够买到的最经济最有用的册籍，就先可以得着一种快乐的预感。有时候在书店门前徘徊往复，稽延得久了，赶不上回宿舍来吃午饭，手里夹了书籍上大街羊汤饭店间壁的小面馆去吃一碗清面，心里可以同时感到十分的懊恨与无限的快慰。恨的是一碗清面的几个铜子的浪费，快慰的是一边吃面一边翻阅书本时的那一刹那的恍惚；这恍惚之情，大约是和哥伦布发现新大陆的时候所感到的一样。

真正指示我以做诗词的门径的，是《留青新集》里的《沧浪诗话》和《白香词谱》。《西湖佳话》中的每一篇短篇，起码我总读了两遍以上。以后是流行本的各种传奇杂剧了，我当时虽则还不能十分欣赏它们的好处，但不知怎么，读了之后的那一种朦胧的回味，仿佛是当三春天气，喝醉了几十年陈的醇酒。

既与这些书籍发生了暧昧的关系，自然不免要养出些不自然的私生儿子！在嘉兴也曾经试过的稚气满幅的五七言诗句，接二连三地在一册红格子的作文簿上写满了；有时候兴奋得厉害，晚上还妨碍了睡觉。

模仿原是人生的本能，发表欲，也是同吃饭穿衣一样地强的青年作者内心的要求。歌不像歌诗不像诗的东西积得多了，第二步自然是向各报馆的匿名的投稿。

一封信寄出之后，当晚就睡不安稳了，第二天一早起来，就溜到阅报室去看报有没有送来，早餐上课之类的事情，只能说是一种日常行动的反射作用；舌尖上哪里还感得出滋味？讲堂上更哪里还有心思去听讲？下课铃一摇，又只是逃命似的向阅报室的狂奔。

第一次的投稿被采用的，记得是一首模仿宋人的五古。报纸是当时的《全浙公报》。当看见了自己缀联起来的一串文字，被植字工人排印出来的时候，虽然是用的匿名，阅报室里也绝没有人会知道作者是谁，但心头正在狂跳着的我的脸上，马上就变成了朱红。轰的一声，耳朵里也响了起来，头脑摇晃得像坐在船里。眼睛也没有主意了，看了又看，看了又看，虽则从头至尾，把那一串文字看了好几遍，但自己还在疑惑，怕这并不是由我投去的稿子。再狂奔出去，上操场去跳绕一圈，回来重新又拿起那张报纸，按住心头，复看一遍，这才放心，于是乎方始感到了快活，快活得想大叫起来。

当时我用的假名很多很多，直到两三年后，觉得投稿已经有七八成的把握了，才老老实实地用上了我的真名实姓。大约旧报纸的收藏家，翻起二十几年前的《全浙公报》《之江日报》以及上海的《神州日报》来，总还可以看到我当时所作的许多不通的诗句。现在我非但旧稿无存，就是一联半句的字眼也想不起来了，与当时的废寝忘食的热心情形来一对比，进步当然可以说是进了步，但是老去的颓唐之感，也着实可以催落我几滴自伤的眼泪。

就在那一年（1909年）的冬天，留学日本的长兄回到了北京，以小京官的名义被派上了法部去行走。入陆军小学的第二位哥哥，也在这前后毕了业，入了一处隶属于标统底下的旁系驻防军队，而任了排长。

一文一武的这两位芝麻绿豆官的哥哥，在我们那小小的县里，自然也耸动了视听；但因家里的经济，稍稍宽裕了一点的结果，在我的求学程序上，反而促生了一种意外的脱线。

在外面的学堂里驻足了一年，又在各报上登载了几次诗歌之后，我自以为学问早就超出了和我同时代的同年辈者，觉得按部就班的和他们在一道读死书，是不上算也是不必要的事情。所以到了宣统二年（1910年）的春期始业的时候，我的书桌上竟收集起了一大堆大学中学招考新生的简章！比较着，研究着，我真想一口气就读完了当时学部所定的大学及中学的学程。

中文呢，自己以为总可以对付的了；科学呢，在前面也曾经说过，为大家所不重视的；算来算去，只有英文是顶重要而也是我所最欠缺的一门。"好！就专门去读英文吧！英文一通，万事就好办了！"这一个幼稚可笑的想头，就是使我离开了正规的中学,去走教会学堂那一条捷径的原动力。

　　清朝末年,杭州的有势力的教会学校,有英国圣公会和美国长老会浸礼会的几个系统。而长老会办的育英书院,刚在山水明秀的江干新建校舍,改称大学。头脑简单,只知道崇拜大学这一个名字的我这毛头小子,自然是以进大学为最上的光荣,另外更还有什么奢望哩?但是一进去之后,我的失望,却比在省立的中学里读死书更加大了。

　　每天早晨,一起床就是祷告,吃饭又是祷告;平时九点到十点是最重要的礼拜仪式,末了又是一篇祷告。《圣经》,是每年级都有的必修重要课目;礼拜天的上午,除出了重病,不能行动者外,谁也要去做半天礼拜。礼拜完后,自然又是祷告,又是查经。这一种信神的强迫,祷告的迭来,以及校内枝节细目的窒塞,想是在清朝末年曾进过教会学校的人,谁都晓得的事实,我在此地落得可以不说。

　　这种叩头虫似的学校生活,过上两月,一位解放的福音宣传者,竟从免费读书的候补牧师中间,揭起叛旗来了;原因是为了校长偏护厨子,竟被厨子殴打了学膳费全纳的不信教的学生。

　　学校风潮的发生,经过和结局,大抵都是一样的;起始总是全体学生的罢课退校,中间是背盟者的出来复课,结果便是几个强硬者的开除。不知是幸呢还是不幸,在这一次的风潮里,我也算是强硬者的一个。

悲剧的出生

——自传之一

　　"丙申年,庚子月,甲午日,甲子时",这是因为近年来时运不佳,东奔西走,往往断炊,室人于绝望之余,替我去批来的命单上的八字。开口就说年庚,倘被精神异状的有些女作家看见,难免得又是一顿痛骂,说:"你这丑小子。你也想学起张君瑞来了么?下流,下流!"但我的目的呢,倒并不是在求爱,不过想大书特书地说一声，在光绪二十二年十一月初三的夜半，一出结构并不很好而尚未完成的悲剧出生了。

光绪的二十二年（西历1896年）丙申，是中国正和日本战败后的第三年；朝廷日日在那里下罪己诏，办官书局，修铁路，讲时务，和各国缔订条约。东方的睡狮，受了这当头的一棒，似乎要醒转来了；可是在酣梦的中间，消化不良的内脏，早经发生了腐溃，任你是如何的国手，也有点儿不容易下药的征兆，却久已流布在上下各地的设施之中。败战后的国民——尤其是初出生的小国民，当然是畸形，是有恐怖狂，是神经质的。

儿时的回忆，谁也在说，是最完美的一章，但我的回忆，却尽是些空洞。第一，我所经验到的最初的感觉，便是饥饿；对于饥饿的恐怖，到现在还在紧逼着我。

生到了末子，大约母体总也已经是亏损到了不堪再育了，乳汁的稀薄，原是当然的事情。而一个小县城里的书香世家，在洪杨之后，不曾发迹过的一家破落乡绅的家里，雇乳母可真不是一件细事。

四十年前的中国国民经济，比到现在，虽然也并不见得凋敝，但当时的物质享乐，却大家都在压制，压制得比英国清教徒治世的革命时代还要严苛。所以在一家小县城里的中产之家，非但雇乳母是一件不可容许的罪恶，就是一切家事的操作，也要主妇上场，亲自去做。像这样的一位奶水不足的母亲，而又喂乳不能按时，杂食不加限制，养出来的小孩，哪里能够强健？我还长不到十二个月，就因营养的不良患起肠胃病来了。一病年余，由衰弱而发热，由发热而痉挛；家中上下，竟被一条小生命而累得精疲力尽；到了我出生后第三年的春夏之交，父亲也因此以病以死；在这里总算是悲剧的序幕结束了，此后便只是孤儿寡妇的正剧的上场。

几日西北风一刮，天上的鳞云，都被吹扫到东海里去了。太阳虽则消失了几分热力，但一碧的长天，却开大了笑口。富春江两岸的乌桕树，槭树，枫树，振脱了许多病叶，显出了更疏匀更红艳的秋社后的浓妆；稻田割起了之后的那一种和平的气象，那一种洁净沉寂，欢欣干燥的农村气象，就是立在县城这面的江上，远远望去,也感觉得出来。那一条流绕在县城东南的大江哩,虽因无潮而杀了水势,比起春夏时候的水量来,要浅到丈把高的高度,但水色却澄清了,澄清得可以照见浮在水面上的鸭嘴的斑纹。从上江开下来的运货船只,这时候特别的多,风帆也格外的饱;狭长的白点,水面上一条,水底下一条,似飞云也似白象,以青红的山,深蓝的天和水做了背景,悠闲地无声地在江面上滑走。水边上在那里看船行,摸鱼虾,采被水冲洗得很光洁的白石,挖泥沙造城池的小孩们,都拖着了小小的影子,在这一个午饭之前的几刻钟里,鼓动他们的四肢,竭尽他们的气力。

离南门码头不远的一块水边大石条上,这时候也坐着一个五六岁的小孩,头上养着了一圈罗汉发,身上穿了青粗布的棉袍子,在太阳里张着眼望江中间来往的帆樯。就在他的前面,在贴近水际的一块青石上,有一位十五六岁像是人家的使婢模样的女子,跪着在那里淘米洗菜。这相貌清瘦的孩子,既不下来和其他的同年辈的小孩们去同玩,也不愿意说话似地只沉默着在看远处。等那女子洗完菜后,站起来要走,她才笑着问了他一声说:"你肚皮饿了没有?"他一边在石条上立起,预备着走,一边还在凝视着远处默默地摇了摇头。倒是这女子,看得他有点可怜起来了,就走近去握着了他的小手,弯腰轻轻地向他耳边说:"你在惦记着你的娘么?她是明后天就快回来了!"这小孩才回转了头,仰起来向她露了一脸很悲凉很寂寞的苦笑。

这相差十岁左右,看去又像姊弟又像主仆的两个人,慢慢走上了码头,走进了城垛;沿城向西走了一段,便在一条南向大江的小弄里走进去了。他们的住宅,就在这条小弄中的一条支弄里头,是一间旧式三开间的楼房。大门内的大院子里,长着些杂色的花木,也有几只大金鱼缸沿墙摆在那里。时间将近正午了,太阳从院子里晒上了向南的阶檐。这小孩一进大门,就跑步走到了正中的那间厅上,向坐在上面念经的一位五六十岁的老婆婆问说:

"奶奶,娘就快回来了吗?翠花说,不是明天,后天总可以回来的,是真的吗?"

老婆婆仍在继续着念经,并不开口说话,只把头点了两点。小孩子似乎是满足了,歪了头向他祖母的扁嘴看了一息,看看这一篇她在念着的经正还没有到一段落，祖母的开口说话，是还有几分钟好等的样子，他就又跑入厨下，去和翠花作伴去了。

午饭吃后，祖母仍在念她的经，翠花在厨下收拾食器；随时有几声洗锅子泼水碗相击的声音传过来外，这座三开间的大楼和大楼外的大院子里，静得同在坟墓里一样。太阳晒满了东面的半个院子，有几匹寒蜂和耐得起冷的蝇子，在花木里微鸣蠢动。靠阶檐的一间南房内，也照进了太阳光，那小孩只静悄悄地在一张铺着被的藤榻上坐着，翻看几本刘永福镇台湾，日本蛮子桦山总督被擒的石印小画本。

等翠花收拾完毕，一盆衣服洗好，想叫了他再一道的上江边去敲濯的时候，他却早在藤榻的被上，和衣睡着了。

这是我所记得的儿时生活。两位哥哥，因为年纪和我差得太远，早就上离家很远的书塾去念书了，所以没有一道玩的可能。守了数十年寡的祖母，也已将人生看穿了，自我有记忆以来，总只看见她在动着那张没有牙齿的扁嘴念佛念经。自父亲死后，母亲要身兼父职了，入秋以后，老是不在家里；上乡间去收租谷是她，将谷托人去砻成米也是她，雇了船，连柴带米，一道运回城里来也是她。

在我这孤独的童年里，日日和我在一处，有时候也讲些故事给我听，有时候也因我脾气的古怪而和我闹，可是结果终究是非常疼爱我的，却是那一位忠心的使婢翠花。她上我们家里来的时候，年纪正小得很，听母亲说，那时候连她的大小便，吃饭穿衣，都还要大人来侍候她的。父亲死后，两位哥哥要上学去，母亲要带了长工到乡下去料理一切，家中的大小操作，全赖着当时只有十几岁的她一双手。

只有孤儿寡妇的人家，受邻居亲戚们的一点欺凌，是免不了的；凡我们家里的田地盗卖了，堆在乡下的租谷等被窃去了，或祖坟山的坟树被砍了的时候，母亲去争夺不转来，最后的出气，就只是在父亲像前的一场痛哭。母亲哭了，我是当然也只有哭，而将我抱入怀里，时用柔和的话来慰抚我的翠花，总也要泪流得满面，恨死了那些无赖的亲戚邻居。

我记得有一次，也是将近吃中饭的时候了，母亲不在家，祖母在厅上念佛，我一个人从花坛边的石阶上，站了起来，在看大缸里的金鱼。太阳光漏过了院子里的树叶，一丝一丝的射进了水，照得缸里的水藻与游动的金鱼，和平时完全变了样子。我于惊叹之余，就伸手到了缸里，想将一丝一丝的日光捉起，看它一个痛快。上半身用力过猛，两只脚浮起来了，心里一慌，头部胸部就颠倒浸入到了缸里的水藻之中。我想叫，但叫不出声来，将身体挣扎了半天，以后就没有了知觉。等我从梦里醒转来的时候，已经是晚上了，一睁开眼，我只看见两眼哭得红肿的翠花的脸伏在我的脸上。我叫了一声"翠花！"她带着鼻音，轻轻的问我："你看见我了吗？你看得见我了吗？要不要水喝？"我只觉得身上头上像有火在烧，叫她快点把盖在那里的棉被掀开。她又轻轻的止住我说："不，不，野猫要来的！"我举目向煤油灯下一看，眼睛里起了花，一个一个的物体黑影，都变了相，真以为是身入了野猫的世界，就哗的一声大哭了起来。祖母、母亲，听见了我的哭声，也赶到房里来了，我只听见母亲吩咐翠花说："你去吃夜饭去，阿官由我来陪他！"

翠花后来嫁给了一位我小学里的先生去做填房，生了儿女，做了主母。现在也已经有了白发，成了寡妇了。前几年，我回家去，看见她刚从乡下挑了一担老玉米之类的土产来我们家里探望我的老母。和她已经有二十几年不见了，她突然看见了我，先笑了一阵，后来就哭了起来。我问她的儿子，就是我的外甥有没有和她一起进城来玩，她一边擦着眼泪，一边还向布裙袋里摸出了一个烤白芋来给我吃。我笑着接过来了，边上的人也大家笑了起来，大约我在她的眼里，总还只是五六岁的一个孤独的孩子。

零余者

Arm am Beutel, Krank am Herzen,

Schleppt ich meine langen Tage.

郁达夫 散文

Armut ist die groesste plage,
Reichtum ist das hoechste Gut.

不晓在什么时候什么地方看见过这几句诗，轻轻的在口头念着，我两脚合了微吟的拍子，又慢慢地在一条城外的大道上走了。

袋里无钱，心头多恨。
这样无聊的日子，教我捱到何时始尽。
啊啊！贫苦是最大的灾星，
富裕是最大的幸运。

诗的意思，大约不外乎此，实际上人生的一切，我想也尽于此了。不过令人愁闷的贫苦，何以与我这样的有缘？使人生快乐的富裕，何以总与我绝对的不来接近？我眼睛呆呆地注视着前面空处，两脚一步一步踏上前去，一面口中虽在微吟，一面于无意中又在作这些牢骚的想头。

是日斜的午后，残冬的日影，大约不久也将收敛光辉了；城外一带的空气，仿佛要凝结拢来的样子。视野中散在那里的灰色的城墙，冰冻的河道，沙土的空地荒田，和几丛枯曲的疏树，都披了淡薄的斜阳，在那里伴人的孤独。一直前面大约在半里多路前的几个行人，因为他们和我中间距离太远了，在我脑里竟不发生什么影响。我觉得他们的几个肉体，和散在道旁的几家泥屋及左面远立着的教会堂，都是一类的东西，散漫零乱，中间没有半点联络，也没有半点生气，当然也没有一些儿的情感了。

"唉嘿，我也不知在这里干什么？"

微吟倦了，我不知不觉便轻轻的长叹了一声，慢慢地走去，脑里的思想，只往昏暗的方面进行；我的头愈俯愈下了。

——实在我的衰退之期，来得太早了。像这样一个人在郊外独步的时候，若我的身子忽能同一堆春雪遇着热汤似的消化得干干净净,岂不很好吗?回想起来,又觉得我过去二十余年的生涯是很长的样子……我什么事情没有做过?……儿子也生了,女人也有了,书也念了,考也考过好几次了,哭也哭过,笑也笑过,心里发怒,受人欺辱,种种事情,种种行为,我都经验过了,我还有什么事情没有做过?……等一等,让我再想一想看,究竟有没有什么我没有经验过的事情了……自家死还没有死过,啊,还有还有,我高声骂人的事情还不曾有过,譬如气得不得了的时候,放大了喉咙,把敌人大骂一场的事情。就是复仇复了的时候的快感,我还没有感得过……啊啊!还有还有,监牢还不曾坐过……唉,但是假使这些事情,都被我经验过了,也有什么?结果还不是一个空吗?……嘿嘿,嗯嗯——到了这里,我的思想的连续又断了。

　　袋里无钱,心头多恨。
　　这样无聊的日子,教我捱到何时始尽。
　　啊啊!贫苦是最大的灾星,
　　富裕是最大的幸运。

　　微微的重新念着前诗,我抬起头来一看,觉得太阳好像往西边又落了一段,倒在右首路上的影子,更长起来了。从后面来的几乘人力车,也慢慢的赶过了我。一边让他们的路,一边我听取了坐车的人和车夫在那里谈话的几句断片。他们的话题,好像是关于女人的事情。啊啊,可羡的你们这几个虚无主义者,你们大约是上前边黄土坑去买快乐去的吧,我见了你们,倒恨起我自家没有以前的生趣来了。

　　一边想一边往西北的走去,不知不觉已走到了京绥铁路的路线上。从此偏东北的再进几步,经过了白房子的地狱,便可顺了通万牲园的大道进西直门去的。苍凉的暮色,从我的灰黄的周围逼近拢来,那倾斜的赤日,也一步一步的低垂下去了。大好的夕阳,留不多时,我自家以为在冥想里沉没得不久,而四边的急景,却告诉我黄昏将至了。在这荒野里的物体的影子,渐渐的散漫了起来。不知从何处吹来的微风,也有些急促的样子,带着一种惨伤的寒意。后面跫跫跫跫的又来了一乘空的运货马车,一个披着光面皮里子的车夫,默默的斜坐在前头车板上吃烟;我忽而感觉得天寒岁暮,好像一个人漂泊在俄国的乡下。马车去远了,白房子的门外,有几乘黑旧的人力车停在那里。车夫大约坐在踏脚板上休息,所以看不出他们的影子来。我避过了白房子的地狱,从一块高坳上的地里,打算走上通西直门的大道上去。从这高处向四边一望,见了凋丧零乱排列在灰色幕上的野景,更使我感得了一种日暮的悲哀。

　　——唉唉,人生实在不知究竟是什么一回事?歌歌哭哭,死死生生……世界社会,兄弟朋友,妻子父母,还有恋爱,啊呀,恋爱,恋爱,恋爱……还有金钱……啊啊……

Armut ist die groesste plage,

Reichtum ist das hoechste Gut.

好诗好诗!

The curfew tolls the knell of parting day,

The lowing herd winds slowly o'er the lea,

The ploughman homeward plods his weary way,

And leaves the world to darkness and to me.

好诗好诗!

And leaves the world to darkness and to me.

　　我的错杂的思想,又这样的弥散开来了。天空高处,寒风呜呜地响了几下。我俯倒了头,尽往东北的走去,天就快黑了。

　　远远的城外河边,有几点灯火,看得出来;大约紫蓝的天空里,也有几点疏星放起光来了吧?大道上继续的有几乘空马车来往,车轮的跫跫跫跫的声音,好像是空虚的人生的反响,在灰暗寂寞的空气中散了。我遵了大道,以几点灯火作了目标,将走近西直门的时候,模糊隐约的我的脑里,忽而起了一个霹雳。到这时候止，常在脑里起伏的那些毫无系统的思想，都集中在一个中心点上，成了一个霹雳，显现了出来。

"我是一个真正的零余者！"

这就是霹雳的核心，另外的许多思想，不过是那些附属在这霹雳上的枝节而已。这样的忽而发现了思想的中心点，以后我就用了科学的方法推想了下去：

——我的确是一个零余者，所以对于社会人世是完全没有用的。a superfluous man！a useless man！superfluous！supelfluous……证据呢？还是很容易证明的……

这时候，我的两只脚已经在西直门内的大街上运转。四边来往的人类，究竟比城外混杂得多。天也已经昏黑，道旁的几家破店和小摊，都点上灯了。

——第……我且从远处说起吧……第一，我对于世界是完全没有用的……我这样生在这里，世界和世界上的人类，也不能受一点益处；反之，我死了，世界社会，也没有一些儿损害，这是千真万确的……第二，且说中国吧！对于这样混乱的中国，我竟不能制造一个炸弹，杀死一个坏人。中国生我养我，有什么用处呢？……再缩小一点，嗳，再缩小一点，第三，第三且说家庭吧！啊，对于我的家庭，我却是个少不得的人了。在外国念书的时候，已故的祖母听见说我有病，就要哭得两眼红肿。就是半男性的母亲，当我有一次醉死在朋友家里的时候，也急得大哭起来。此外我的女人，我的小孩，当然是少我不得的！哈哈，还好还好，我还是个有用之人——

想到了这里，我的思想上又起了一个冲突。前刻发现的那个思想上的霹雳，几乎可以取消的样子，但迟疑了一会儿，我终究解决不了这个问题的矛盾性。抬起头来一看，我才知道我的身体已被我搬在一条比较热闹的长街上行动。街路两旁的灯火很多，来往的车辆也不少，人声也很嘈杂，已经是真正的黄昏时候了。

——像这样的时候，若我的女人在北京，大约我总不会到市上来飘荡的吧！在灯火底下，抱了自家的儿子，一边吻吻他的小嘴，一边和来往厨下忙碌的她问答几句，踱来踱去，踱去踱来，多少快乐啊！啊啊，我对于我的女人，还是一个有用之人哩！不错不错，前一个疑问还没有解决，我究竟还是一个有用之人吗？

这时候，我意识里的一切周围的印象，又消失了。我还是倒伏了头，慢慢的在解决我的疑问：

——家庭，家庭……第三，家庭……让我看，哦，啊，我对于家庭还是一个完全无用之人！……丝毫没有功利主义的存心，完全沉溺于盲目之爱的我的祖母，已经死了。母亲呢？……啊啊，我读书学术，到了现在，还不能做出一点轰轰烈烈的事业来，就是这几个钱……

我那时候两只手却插在大氅的袋内，想到了这里，两只手自然而然的向袋里散放着的几张钞票捏了一捏。

——啊啊，就是这几块钱，还是昨天从母亲那里寄出来的，我对于母亲有什么用处呢？我对于家庭有什么用处呢？我的女人，我不去娶她，总有人会娶她的；我的小孩，我不去生他，也有人会生他的，我完全是一个无用之人呀，我依旧是一个无用之人呀！——

急转直下的想到了这里，我的胸前忽觉得有一块铁板压着似的难过得很。我想放大了喉咙，啊地大叫它一声，但是把嘴张了好几次，喉头终放不出音来。没有方法，我只能放大了脚步，向前面跑也似的急进了几步。这样的不知走了几分钟，我看见一乘人力车跑上前来兜我的买卖。我不问皂白，跨上了车就坐定了。车夫问我上什么地方去，我用手向前指指，喉咙只是和被热铁封锁住的一样，一句话也讲不出来。人力车向前面跑去，我只见许多灯火人类，和许多不能类列的物体，在我的两旁旋转。

"前进，前进！像这样的前进吧！不要休止，不要停下来！"

我心里一边在这样的希望，一边却在恨车夫跑得太慢。

移家琐记

一

　　流水不腐，这是中国人的俗话，Stagnant Pond，这是外国人形容固定的颓毁状态的一个名词。在一处羁住久了，精神上习惯上，自然会生出许多霉烂的斑点来。更何况洋场米贵，狭巷人多，以我这一个穷汉，夹杂在三百六十万上海市民的中间，非但汽车，洋房，跳舞，美酒等文明的洪福享受不到，就连吸一口新鲜空气，也得走十几里路，移家的心愿，早就有了；这一回却因朋友之介，偶尔在杭城东隅租着一所适当的闲房，筹谋计算，也张罗拢了二三百块洋钱，于是这很不容易成就的戋戋私愿，竟也猫猫虎虎地实现了。小人无大志，蜗角亦乾坤，触蛮鼎定，先让我来谢天谢地。

　　搬来的那一天，是春雨霏微的星期二的早上，为计时日的正确，只好把一段日记抄在下面：

　　一九三三年四月廿五（阴历四月初一），星期二。晨五点起床，窗外下着濛濛的时雨，料理行装等件，赶赴北站，衣帽尽湿。携女人儿子及一仆妇登车，在不断的雨丝中，向西进发。野景正妍，除白桃花，菜花，棋盘花外，田野里只一片嫩绿，浅淡尚带鹅黄。此番因自上海移居杭州，故行李较多，视孟东野稍为富有，沿途上落，被无产同胞的搬运夫，敲刮去了不少。午后一点到杭州城站，雨势正盛，在车上蒸干之衣帽，又涔涔湿矣。

新居在浙江图书馆侧面的一堆土山旁边，虽只东倒西斜的三间旧屋，但比起上海的一楼一底的弄堂洋房来，究竟宽敞得多了，所以一到寓居，就开始做室内装饰的工作。沙发是没有的，镜屏是没有的，红木器具，壁画纱灯，一概没有。几张板桌，一架旧书，在上海时，塞来塞去，只觉得没地方塞的这些破铜烂铁，一到了杭州，向三间连通的矮厅上一摆，看起来竟空空洞洞，像煞是沧海中间的几颗粟米了。最后装上壁去的，却是上海八云装饰设计公司送我的一块石膏圆面。塑制者是江山徐葆蓝氏，面上刻出的是《圣经》里马利马格大伦的故事。看来看去，在我这间黝黯矮阔的大厅摆设之中，觉得有一点生气的，就只是这一块同深山白雪似的小小的石膏。

二

向晚雨歇，电灯来了。灯光灰暗不明，问先搬来此地住的王母以"何不用个亮一点的灯球"？方才知道朝市而今虽不是秦，但杭州一隅，也绝不是世外的桃源，这样要捐，那样要税，居民的负担，简直比世界哪一国的首都，都加重了；即以电灯一项来说，每一个字，在最近也无法地加上了好几成的特捐。"烽火满天殍满地，儒生何处可逃秦？"这是几年前做过的叠秦韵的两句山歌，我听了这些话后，嘴上虽则不念出来，但心里却也私私地转想了好几次。腹诽若要加刑，则我这一篇琐记，又是自己招认的供状了，罪过罪过。

三更人静，门外的巷里，忽传来了些笃笃笃的敲小竹梆的哀音。问是什么？说是卖馄饨圆子的小贩营生。往年这些担头很少，现在却冷街僻巷，都有人来卖到天明了，百业的凋敝，城市的萧条，这总也是民不聊生的一点点的实证吧？

新居落寞，第一晚睡在床上，翻来覆去，总睡不着觉。夜半挑灯，就只好拿出一本新出版的《两地书》来细读。有一位批评家说，作者的私记，我们没有阅读的义务。当时我对这话，倒也佩服得五体投地，所以书店来要我出书简集的时候,我就坚决地谢绝了,并且还想将一本为无钱过活之故而拿去出卖的日记都教他们毁版,以为这些东西,是只好于死后,让他人来替我印行的;但这次将鲁迅先生和密斯许的书简集来一读,则非但对那位批评家的信念完全失掉,并且还在这一部两人的私记里,看出了许多许多平时不容易看到的社会黑暗面来。至于鲁迅先生的诙谐愤俗的气概,许女士的诚实庄严的风度,还是在长书短简里自然流露的余音,由我们熟悉他们的人看来,当然更是味中有味,言外有情,可以不必提起,我想就是绝对不认识他们的人,读了这书至少也可以得到几多的教训,私记私记,义务云乎哉?

从半夜读到天明,将这《两地书》读完之后,已经觉得愈兴奋了,六点敲过,就率性走到楼下去洗了一洗手脸,换了一身衣服,踏出大门,打算去把这杭城东隅的侵晨朝景,看它个明白。

三

夜来的雨,是完全止住了,可是外貌像马加弹姆式的沙石马路上,还满涨着淤泥,天上也还浮罩着一层明灰的云幕。路上行人稀少,老远老远,只看得见一部慢慢在向前拖走的人力车的后形。从狭巷里转出东街,两旁的店家,也只开了一半,连挑了菜在沿街赶早市的农民,都像是没有灌气的橡皮玩具。四周一看,萧条复萧条,衰落又衰落,中国的农村,果然是破产了,但没有实业生产机关、没有和平保障的像杭州一样的小都市,又何尝不在破产的威胁上战栗着待毙呢?中国目下的情形,大抵总是农村及小都市的有产者,集中到大都会去。在大都会的帝国主义保护之下变成殖民地的新资本家,或变成军阀官僚的附属品的少数者,总算是找着了出路。他们的货财,会愈积而愈多,同时为他们所牺牲的同胞,当然也要加速度的倍加起来。结果就变成这样的一个公式:农村中的有产者集中小都市,小都市的有产者集中大都会,等到资产化尽,而生财无道的时候,则这些素有恒产的候鸟就又得倒转来从大都会、小都市而仍返农村去作贫民。辗转循环,丝毫不爽，这情形已经继续了二三十年了，再过五年十年之后的社会状态，自然可以不卜而知了啦，社会的症结究在哪里？唯一的出路究在哪里？难道大家还不明白么？空喊着抗日抗日，又有什么用处？

一个人在大街上踱着想着，我的脚步却于不知不觉的中间，开了倒车，几个弯儿一绕，竟又将我自己的身体，搬到了大学近旁的一条路上来了。向前面看过去，又是一堆土山。山下是平平的泥路和浅浅的池塘。这附近一带，我儿时原也来过的。二十几年前头，我有一位亲戚曾在报国寺里当过军官，更有一位哥哥，曾在陆军小学堂里当过学生。既然已经回到了寓居的附近，那就爬上山去看它一看吧，好在一晚没有睡觉，头脑还有点儿糊涂，登高望望四境，也未始不是一帖清凉的妙药。

天气也渐渐开朗起来了，东南半角，居然已经露出了几点青天和一丝白日。土山虽则不高，但眺望倒也不坏。湖上的群山，环绕在西北的一带，再北是空间，更北是湖州境内的发样的青山了。东面迢迢，看得见的，是临平山，皋亭山，黄鹤山之类的连峰叠嶂。再偏东北处，大约是唐栖镇上的超山山影，看去虽则不远，但走走怕也有半日好走哩。在土山上环视了一周，由远及近，用大量观察法来一算，我才明白了这附近的地理，原来我那新寓，是在军装局的北方，而三面的土山，系遥接着城墙，围绕在军装局的匡外的。怪不得今天破晓的时候，还听见了一阵喇叭的吹唱，怪不得走出新寓的时候，还看见了一名荷枪直立的守卫士兵。

"好得很！好得很！……"我心里在想，"前有图书，后有武库，文武之道，备于此矣！"我心里虽在这样的自作有趣，但一种没落的感觉，一种不能再在大都会里插足的哀思，竟渐渐地渐渐地溶浸了我的全身。

还乡记

一

大约是午前四五点钟的样子,我的过敏的神经忽而颤动了起来。张开了半只眼,从枕上举起非常沉重的头,半醒半觉的向窗外一望,我只见一层灰白色的云丛,密布在微明空际,房里的角上桌下,还有些暗夜的黑影流荡着,满屋沉沉,只充满了睡声,窗外也没有群动的声息。

"还早哩!"

我的半年来睡眠不足的昏乱的脑筋,这样的忖度了一下,我的有些昏痛的头颅仍复投上了草枕,睡着了。

第二次醒来,急急地跳出了床,跑到窗前去看跑马厅的大自鸣钟的时候,我的心里忽而起了一阵狂跳。我的模糊的睡眼,虽看不清那大自鸣钟的时刻,然而我的第六官却已感得了时间的迟暮,八点钟的快车大约总赶不到了。

天气不晴也不雨,天上只浮满了些不透明的白云,黄梅时节将过的时候,像这样的天气原是很多的。

我一边跑下楼去匆匆的梳洗,一边催听差的起来,问他是什么时候。因为我的一个镶金的钢表,在东京换了酒吃,一个新买的"爱而近",去年在北京又被人偷了去,所以现在我只落得和桃花源里的乡老一样,要知道时刻,只能问问外来的捕鱼者"今是何世?"

听说是七点三刻了,我忽而衔了牙刷,莫名其妙的跑上楼跑下楼的跑了几次,不消说心中是在懊恼的。忙乱了一阵,后来又仔细想了一想,觉得终究是赶不上八点的早车了，我的心倒渐渐地平静下去。慢慢地洗完了脸，换了衣服，我就叫听差的去雇了一乘人力车来送我上火车站去。

我的故乡在富春山中，正当清冷的钱塘江的曲处。车到杭州，还要在清流的江上坐两点钟的轮船。这轮船有午前午后两班，午前八点，午后两点，各有一只同小孩的玩具似的轮船由江干开往桐庐去的。若在上海乘早车动身，则午后四五点钟，当午睡初醒的时候，我便可到家，与闺中的儿女相见，但是今天已经是不行了。

不能即日回家，我就不得不在杭州过夜，但是羞涩的阮囊，连买半斤黄酒的余钱也没有的我的境遇，教我哪里能忍此奢侈。我心里又发起恼来了。可恶的我的朋友，你们既知道我今天早晨要走，昨夜就不该谈到这样的时候才回去。可恶的是我自己，我已决定于今天早晨走，就不该拉住了他们谈那些无聊的闲话的。这些也不知是从哪里来的话？这些话也不知有什么兴趣？但是我们几个人愁眉蹙额的聚首的时候，起先总是默默，后来一句两句，话题一开，便倦也忘了，愁也丢了，眼睛就放起怖人的光来，有时高笑，有时痛哭，讲来讲去，去岁今年，总还是这几句话：

"世界真是奇怪，像这样轻薄的人，也居然能成中国的偶像的。"

"正惟其轻薄，所以能享盛名。"

"他的著作是什么东西呀！连抄人家的著书还要抄错！"

"唉唉！"

"还有××呢！比××更卑鄙，更不通，而他享的名誉反而更大！"

"今天在车上看见那个犹太女子真好哩！"

"她的臂膊！"

"啊啊！"

"恩斯来的那本《彭思生里参拜记》，你念到什么地方了？"

"三个东部的野人，

三个方正的男子，

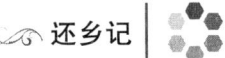

他们起了崇高的心愿,

想去看看什,泻,奥夫,欧耳。"

"你真记得牢!"

像这样的毫无系统,漫无头绪的谈话,我们不谈则已,一谈起头,非要谈到块磊消尽,悲愤泄完的时候不止。唉,可怜有识无产者,这些清谈,这些不平,与你们的脆弱的身体,高亢的精神,究有何补?罢了罢了,还是回头到正路上去,理点生产罢!

昨天晚上有几位朋友,也在我这里,谈了些这样的闲话,我入睡迟了,所以弄得今天赶车不及,不得不在西子湖边,住宿一宵。我坐在人力车上,孤冷冷的看着上海的清淡的早市,心里只在怨恨朋友,要使我多破费几个旅费。

二

人力车到了北站,站上人物萧条。大约是正在快车开出之后,慢车未发之先,所以现出这沉静的状态。我得了闲空,心里倒生出了一点余裕来,就在北站构内,闲走了一回。因为我此番归去,本来想去看看故乡的景状,能不能容我这零余者回家高卧的,所以我所带的,只有两袖清风,一只空袋,和填在鞋底里的几张钞票——这是我的脾气,有钱的时候,老把它们填在鞋子底里。一则可以防止扒手,二则因为我受足了金钱迫害,借此也可以满足满足我对金钱复仇的心思,有时候我真有用了全身的气力,拼死蹂践它们的举动——而已,身边没有行李,在车站上跑来跑去是非常自由的。

天上的同棉花似的浮云,一块一块的消散开来,有几处竟现出青苍的笑靥来了。灰黄无力的阳光,也有几处看得出来。虽有霏微的海风,一阵阵夹了灰土煤烟,吹到这灰色的车站中间,但是伏天的暑热,已悄悄地在人的腋下腰间送信来了。"啊啊!三伏的暑热,你们不要来缠扰我这消瘦的行路病者!你们且上富家的深闺里去,钻到那些丰肥红白的腿间乳下去,把她们的香液蒸发些出来罢!我只有这一件半旧的夏布长衫,若被汗水污了,明天就没得更换的呀!"这是我想对暑热央告的话头。

在车站上踏来踏去的走了几遍,站上的行人,渐渐的多起来了。男的女的,行者送者,面上都堆着满贮希望的形容,在那里左旋右转。但是我——单只是我个人——也无朋友亲戚来送我的行,更无爱人女弟,来做我的伴,我的脆弱的心中,又无端的起了万千的哀感:

"论才论貌,在中国的二万万男子中间,我也不一定说是最下流的人,何以我会变成这样的孤苦的呢!我前世犯了什么罪来?我生在什么星的底下?我难道真没有享受快乐的资格的么?我不能信的,我不能信的。"

这样的一想,我就跑上车站的旁边入口处去,好像是看见了我认识的一位美妙的女郎来送我回家的样子。我走到门口,果真见了几个穿时样的白衣裙的女子,刚从人力车下来。其中有一个十七八岁的,戴白色运动软帽的女学生,手里提了三个很重的小皮箧,走近了我的身边。我不知不觉的伸出了一只手去,想为她代拿一个皮箧,她站住了脚,放开了黑晶晶的两只大眼很诧异的对我看了一眼。

"啊啊!我错了,我昏了,好妹妹,请你不要动怒,我不是坏人,我不是车站上的小窃,不过我的想象力太强,我把你当作了我的想象中的人物,所以得罪了你。恕我恕我,对不起,对不起,你的两眼的责罚,是我所甘受的,你即用了你柔软的小手,批我一颊,我也是甘受的,我错了,我昏了。"

我被她的两眼一看,就同将睡的人受了电击一样,立时涨红了脸,发出了一身冷汗,心里这样的作了一遍谢罪之辞,缩回了手,低下了头,就匆匆地逃走了。

啊啊!这不是衣锦的还乡,这不是罗皮康(Rubicon)的南渡,有谁来送我的行,有谁来做我的伴呢!我的空想也未免太不自量了,我避开了那个女学生,逃到了车站大门口的边上人丛中躲藏的时候,心里还在跳跃不住。凝神屏气的立了一会儿,向四边偷看了几眼,一种不可捉摸的感情,笼罩上我的全身,我就不得不把我的夏布长衫的小襟拖上面去了。

三

已经是八点四十五分了。我在这里躲藏也躲藏不过去的,索性快点去买一张票来上车去罢!但是不行不行,两边买票的人这样的多,也许她是在内的,我还是上口头的那近大门的窗口去买罢!这里买票的人正少得很呀!

这样的打定了主意,我就东探西望的走上那玻璃窗口,去买了一张车票。伏倒了头,气喘吁吁的跑进了月台,我方晓得刚才买的是一张二等票,想想我脚下的余钱,又想想今晚在杭州不得不付的膳宿费,我心里忽而清了一清。经济与恋爱是不能两立的,刚才那女学生的事情,也渐渐的被我忘了。

浙江虽是我的父母之邦,但是浙江的知识阶级的腐败,一班教育家政治家对军人的谄媚与对平民的压制,以及小政客的婢妾的行为,无厌的贪婪,平时想起就要使我作呕。所以我每次回浙江去,总抱了一腔羞嫌的恶憎,障扇而过杭州,不愿在西子湖头作半日的逗留。只有这一回,到了山穷水尽,我委委颓颓的逃返家中,却只好仍到我所嫌恶的故土去求一个息壤!投林的倦鸟,返壑的衰狐,当没有我这样的懊丧落胆的。啊啊!浪子的还家,只求老父慈兄,不责备我就对了,哪里还有批评故乡,憎嫌故乡的心思,我一想到这一次的卑微的心境,竟不觉泫泫的落下泪来了。

我孤伶仃的坐在车里,看看外面月台上跑来跑去的旅人,和穿黄色制服的挑夫,觉得模糊零乱,他们与我的中间,有一道冰山隔住的样子。一面看看车站附近各工厂的高高的烟囱,又觉得我的头上身边,都被一层灰色的烟雾包围在那里。我深深地吸了一口气,把车窗打开来看梅雨晴时的空际。天上虽还不能说是晴朗,但一斛晴云,和几道光线,却在那里安慰旅人说:

"雨是不会下了,晴不晴开来,却看你们的运气吧!"

不多一忽,火车慢慢儿的开了。北站附近的贫民窟,同坟墓似的江北人的船室,污泥的水潴,晒在坍败的晒台上的女人的小衣,秽布,劳动者的破烂的衣衫等，一幅一幅的呈到我的眼前来，好像是老天故意把人生的疾苦，编成了这一部有系统的纪录，来安慰我的样子。

啊啊，载人离别的你这怪兽！你不终不息的前进，不休不止的前进罢！你且把我的身体，搬到世界尽处去，搬入虚无之境去，一生一世，不要停止，尽是行行，行到世界万物都化作青烟，你我的存在都变成乌有的时候，那我就感激你不尽了。

由现代的物质文明产生出来的贫苦之景，渐渐的被大自然掩盖了下去，贫民窟过了，大都会附近之小镇（Vorstadt）过了，路线的两岸，只有平绿的田畴，美丽的别业，洁净的野路，和壮健的农夫。在这调和的盛夏的野景中间，就是在路上行走的那一乘黄色人力车夫，也带有些浪漫的色彩。他好像是童话里的人物，并不是因为衣食的原因，却是为了自家的快乐，拉了车在那里行走的样子。若要在这大自然的微笑中间，指出一件令人不快的事物来，那就是野草中间横躺着的棺冢了。穷人的享乐，只有陶醉在大自然怀里的一刹那。在这一刹那中间，他能把现实的痛苦，忘记得干干净净，与悠久的天空，广漠的大地，化而为一。这是何等的残虐，何等的恶毒呢！当这样的地方，这样的时候，把人生的命运，赤裸裸的指给他看！

我是主张把中国的坟冢，把野外的枯骨，都掘起来付之一炬，或投入汪洋的大海里去的。

四

过了徐家汇，梵王渡，火车一程一程的进去，车窗外的绿色也一程一程的浓润起来。啊啊，我自失业以来，同鼠子蚊虫，蛰居在上海的自由牢狱里，已经有半年多了。我想不到野外的自然，竟长得如此的清新，郊原的空气，会酿得如此的爽健的。啊啊，自然呀，大地呀，生生不息的万物呀，我错了，我不应该离开了你们，到那秽浊的人海中间去觅食去的。

车过了莘庄，天完全变晴了。两旁的绿树枝头，蝉声犹如雨降。我侧耳听听，回想我少年时的景象不置。悠悠的碧落，只留着几条云影，在空际作霓裳的雅舞。一道阳光，遍洒在浓绿的树叶，匀称的稻秧，和柔软的青草上面。被黄梅雨盛满的小溪，奇形的野桥，水车的茅亭，高低的土堆，与红墙的古庙，洁净的农场，一幅一幅同电影似的尽在那里更换。我以车窗作了镜框，把这些天然的图画看得迷醉了，直等火车到松江停住的时候止，我的眼睛竟瞬息也没有移动。唉，良辰美景奈何天，我在这样的大自然里怕已没有生存的资格了罢，因为我的腕力，我的精神，都被现代的文明撒下了毒药，恶化成零，我哪里还有执了锄耙，去和农夫耕作的能力呢！

正直的农夫呀，你们是世界的养育者，是世界的主人公，我情愿为你们做牛做马，代你们的劳，你们能分一杯麦饭给我吗？

车过了松江，风景又添了一味和平的景色。弯了背在田里工作的农夫，草原上散放着的羊群，平桥浅渚，野寺村场，都好像在那里作会心的微笑。火车飞过一处乡村的时候，一家泥墙草舍里忽有几声鸡唱声音，传了出来。草舍的门口有一个赤膊的农夫，吸着烟站在那里对火车呆看。我看了这些纯朴的村景，就不知不觉的叫了起来：

"啊啊！这和平的村落，这和平的村落，我几年不与你相接了。"

大约是叫得太响了，我的前后的同车者，都对我放起惊异的眼光来。幸而这是慢车。坐二等车的人不多，否则我只能半途跳下车去，去躲避这一次的羞耻了。我被他们看得不耐烦，并且肚里也觉得有些饥了，用手向鞋底里摸了一摸，迟疑了一会，便叫过茶房来，命他为我搬一客番菜来吃。我动身的时候，脚底下只藏着两张钞票。火车票买后，左脚下的一张钞票已变成了一块多的找头，依理而论是不该在车上大吃的。然而愈有钱愈想节省，愈贫穷愈要瞎花，是一般的心理，我此时也起了自暴自弃的念头：

"横竖是不够的，节省这几个钱，有什么意思，还是吃罢！"

一个欲望满足了的时候，第二个欲望马上要起来的，我喝了汤，吃了一块面包之后，喉咙觉得干渴起来，便又起了一种自暴自弃的念头，索性叫茶房把啤酒汽水拿了两瓶来。啊啊，危险危险，我右脚下的一张钞票，已有半张被茶房撕去了。

一边饮食，一边我仍在赏玩窗外的水光云影。在几个小车站上停了几次，轰轰的过了几处铁桥，我等中餐吃完的时候，火车已经过嘉兴驿了。吃了个饱满，并且带了三分醉意，我心里虽时时想到今晚在杭州的膳宿费，和明天上富阳去的轮船票，不免有些忧郁，但是以全体的气概讲来，这时候我却是非常快乐，非常满足的：

"人生是现在一刻的连续，现在能够满足，不就好了吗？一刻之后的事情，又何必去想它，明天明年的事情，更可丢在脑后了。一刻之后，谁能保得火车不出轨！谁能保得我不死？罢了罢了，我是满足得很！哈哈哈哈……"

我心里这样的很满足的在那里想，我的脚就慢慢地走上车后的眺望台去。因为我坐的这挂车是最后的一挂，所以站在眺望台上，既可细看野景，又可听听鸣蝉，接受些天风。我站在台上，一手捏住铁栏，一手用了半支火柴在剔牙齿。凉风一阵阵的吹来，野景一幅幅的过去，我真觉得太幸福了。

五

我平生感到幸福的时间，总不能长久。一时觉得非常满足之后，其后必有绝大的悲怀相继而起。我站在车台上，正在快乐的时候，忽而在万绿丛中看见了一幅美满的家庭团叙之图：一个年约三十一二的壮健的农夫，两手擎了一个周岁的小孩，在桑树影下笑乐，一个穿青布衫的与农夫年纪相仿的农妇，笑微微的站在旁边守着他们。在他们上面晒着的阳光树影，更把他们的美满的意情表现得分外明显。地上摊着一只饭箩，一瓶茶，几只菜饭碗，这一定是那农妇送来饷她男人的田头食品。啊啊，桑间陌上，夫唱妇随，更有你两个爱情的结晶，在中间作姻缘的绶带，你们是何等幸福呀！然而我呢！啊啊我啊！我是一个有妻不能爱，有子不能抚的无能力者，在人生战斗场上的惨败者，现在是在逃亡的途中的行路病者。啊！农夫呀农夫，愿你与你的女人和好终身，愿你的小孩聪明强健，愿你的田谷丰多,愿你幸福!你们的灾殃,你们的不幸,全交给了我,凡地上一切的苦恼,悲哀,患难,索性由我一人负担了去罢!

我心里虽这样的在替他祝福,我的眼泪却连连续续的落了下来。半年以来,因为失业的原因,在上海流离的苦处,我想起来了。三个月前头,我的女人和小孩,孤苦伶仃的由这条铁路上经过,萧萧索索的回家去的情状,我也想出来了。啊啊,农家夫妇的幸福,读书阶级的飘零!我女人经过的悲哀的足迹,现在更由我在一步步的践踏过去!若是有情,怎得不哭呢!

四围的景色,忽而变了,一刻前那样丰润华丽的自然的美景,都好像在那里嘲笑我的样子:

"你回来了么?你在外国住了十几年,学了些什么回来?你的能力怎么不拿些出来让我们看看?现在你有养老婆儿子的本领么?哈哈!你读书学术,到头来还是归到乡间去啮你祖宗的积聚!"

我俯首看看飞行的车轮,看看车轮下的两条白闪闪的铁轨和枕木卵石,忽而感得了一种强烈的死的诱惑。我的两脚抖了起来,跟跄前进了几步,又呆呆的俯视了一忽,而手捏住了铁栏,我闭着眼睛,咬紧牙齿,在脚尖上用了一道死力,便把身体轻轻的抬跳起来了。

六

啊啊,死的胜利呀!我当时若志气坚强一点,早就脱离了这烦恼悲苦的世界,此刻好坐在天神 Beatrice 的脚下拈花作微笑了。但是我那一跳,气力没有用足。我打开眼睛来看时,大地高天,稻田草地,依旧在火车的四周驰骋,车轮的辗声,依旧在我的耳里雷鸣,我的身体却坐在栏杆的上面,绝似病了的鹦鹉,被锁住在铁条上待毙的样子。我看看两旁的美景,觉得半点钟以前的称颂自然美的心境,怎么也回复不过来。我以泪眼与硖石的灵山相对,觉得硖西公园后石山上在太阳光下游玩的几个男女青年,都是挤我出世界外去的魔鬼。车到了临平,我再也不能细赏那荷花世界柳丝乡的风味。我只觉得青翠的临平山，将要变成我的埋骨之乡。笕桥过了，艮山门过了。灵秀的宝俶山，奇兀的北高峰，清泰门外贯流着的清浅的溪流，溪流上摇映着的萧疏的杨柳，野田中交叉的窄路，窄路上的行人，前朝的最大遗物，参差婉绕的城墙，都不能唤起我的兴致来。车到了杭州城站，我只同死刑犯上刑场似的下了月台。一出站内，在青天皎日的底下，看看我儿时所习见的红墙旅舍，酒馆茶楼，和年轻气锐的生长在都会中的妙年人士，我心里只是怦怦的乱跳，仰不起头来。这种幻灭的心理，若硬要把它写出来的时候，我只好用一个譬喻。譬如当青春的年少，我遇着了一位绝世的佳人，她对我本是初恋，我对她也是第一次的破题儿。两人相携相挽，同睡同行，春花秋月的过了几十个良宵。后来我的金钱用尽，女人也另外有了心爱的人儿，她就学了樊素，同春去了。我只得和悲哀孤独，贫困恼羞，结成伴侣。几年在各地流浪之余，我年纪也大了，身体也衰了，披了一身破褴的衣服，仍复回到当时我两人并肩携手的故地来。山川草木，星月云霓，仍不改其美丽。我独坐湖滨，正在临流自吊的时候，忽在水面看见了那弃我而去的她的影像。她容貌同几年前一样的娇柔，衣服同几年前一样的华丽，项下挂着的一串珍珠，比从前更加添了一层光彩，额上戴着的一圈玛瑙，比曩时更红艳得多了。且更有难堪者，回头来一看，看见了一位文秀闲雅的美少年，站在她的背后，用了两手在那里摸弄她的腰背。

　　啊啊！这一种譬喻，值得什么？我当时一下车站，对杭州的天地感得的那一种羞惭懊丧，若以言语可以形容的时候，我当时的夏布衫袖，就不会被泪汗湿透了，因为说得出譬喻得出的悲怀，还不是世上最伤心的事情呀。我慢慢俯下首，离开了刚下车的人群与争揽客人的车夫和旅馆的招待者，独行踽踽的进了一家旅馆，我心里好像有千斤重的一块铅石垂在那里的样子。

　　开了一个单房间，洗了一个手脸，茶房拿了一张纸来，要我填写姓名年岁籍贯职业。我对他呆呆的看了一忽，他好像是疑我不曾出过门，不懂这规矩的样子，所以又仔仔细细的解说了一遍。啊啊，我哪里是不懂规矩，我实在是没有写的勇气哟，我的无名的姓氏，我的故乡的籍贯，我的职业！啊啊！叫我写出什么来？

被他催迫不过，我就提起笔来写了一个假名，填上了异乡人的三字，在职业栏下写了一个无字。不知不觉我的眼泪竟噗嗒噗嗒的滴了两滴在那张纸上。茶房也看得奇怪，向纸上看了一看，又问我说：

"先生府上是哪里，请你写上了罢，职业也要写的。"

我没有办法，就把异乡人三字圈了，写上朝鲜两字，在职业之下也圈了一圈，填了"浮浪"两字进去。茶房出去之后，我就关上了房门，倒在床上尽情的暗泣起来了。

七

伏在床上暗泣了一阵，半日来旅行的疲倦，征服了我的心身。在蒙眬半觉的中间，我听见了几声咯咯叩门声。糊糊涂涂的起来开了门，我看见祖母，不言不语的站在门外。天色好像晚了，房里只是灰黑的辨不清方向。但是奇怪得很，在这灰黑的空气里，祖母面上的表情，我却看得清清楚楚。这表情不是悲哀，当然也不是愉乐，只是一种压人的庄严的沉默。我们默默的对坐了几分钟，她才移动了那皱纹很多的嘴说：

"达！你太难了，你何以要这样的孤洁呢！你看看窗外看！"

我向她指着的方向一望，只见窗下街上黑暗嘈杂的人丛里有两个大火把在那里燃烧，再仔细一看，火把中间坐着一位木偶。但是奇极怪极，这木偶的面貌，竟完全与我的一个朋友面貌一样。依这情景看来，大约是赛会了，我回转头来正想和祖母说话，房内的电灯拍的响了一声，放起光来了，茶房站在我的床前，问我晚饭如何？我只呆呆的不答，因为祖母是今年二月里刚死的，我正在追想梦里的音容，哪里还有心思回茶房的话哩？

遣茶房走了，我洗了一个面，就默默的走出旅馆来了。夕阳的残照，在路旁的层楼屋脊上还看得出来。店头的灯火，也是星星的上了。日暮的空气，带着微凉，拂上面来。我在羊市街头走了几转，穿过车站的庭前，踏上清泰门前的草地上去。沉静的这杭州故郡，自我去国以来，也受了不少的文明的侵害，各处的旧迹，一天一天被拆毁了。我走到清泰门前，就起了一种怀古之情，走上将拆而犹在的城楼上去。城外一带杨柳桑树上的鸣蝉，叫得可怜。它们的哀吟，一声声沁入了我的心脾，我如同海上的浮尸，把我的情感，全部付托了蝉声，尽做梦似的站在丛残的城堞上看那西北的浮云和暮天的急情，一种淡淡的悲哀，把我的全身溶化了。这时候若有几声古寺的钟声，当当的一下一下，或缓或徐的飞传过来，怕我就要不自觉的从城墙上跳入城濠，把我的灵魂和入晚烟之中，去笼罩着这故都的城市。然而南屏还远，Curfew 今晚上不会鸣了。我独自一个冷清清地立了许久，看西天只剩了一线红云，把日暮的悲哀尝了个饱满，才慢慢地走下城来。这时候天已黑了，我下城来在路上的乱石上钩了几脚，心里倒起了一种莫名其妙的恐怖。我想想白天在火车上谋自杀的心思和此时的恐怖心一比，就不觉微笑起来，啊啊，自负为灵长的两足动物哟，你的感情思想，原只是矛盾的连续呀！说什么理性？讲什么哲学？

　　走下了城，踏上清冷的长街，暮色已经弥漫在市上了。各家的稀淡的灯光，比数刻前增加了一倍势力。清泰门直街上的行人的影子，一个一个从散射在街上的电灯光里闪过，现出一种日暮的情调来。天气虽还不曾大热，然而有几家却早把小桌子摆在门前，露天的在那里吃饭了。我真成了一个孤独的异乡人，光了两眼，尽在这日暮的长街上彳亍前进。

　　我在杭州并非没有朋友，但是他们或当科长，或任参谋，现在正是非常得意的时候，我若飘然去会，怕我自家的心里比他们见我之后憎嫌我的心思更要难受。我在沪上，半年来已经饱受了这种冷眼，到了现在，万一家里容我，便可回家永住，万一情状不佳，便拟自决的时候，我再也犯不着讨这些没趣了。我一边默想，一边看看两旁的店家在电灯下围桌晚餐的景象，不知不觉两脚便走入了石牌楼的某中学所在的地方。啊啊，桑田沧海的杭州，旗营改变了，湖滨添了些邪恶的中西人的别墅，但是这一条街，只有这一条街，依旧清清冷冷，和十几年前我初到杭州考中学的时候一样。物质文明的幸福，些微也享受不着，现代经济组织的流毒，却受得很多的我,到了这条黑暗的街上,好像是已经回到了故乡的样子,心里忽感得了一种安泰,大约是兴致来了,我就踏进了一家巷口的小酒店里去买醉去。

八

在灰黑的电灯底下,面朝了街心,靠着一张粗黑的桌子,坐下喝了几杯高粱,我终觉得醉不成功。我的头脑,愈喝酒愈加明晰,对于我现在的境遇反而愈加自觉起来了。我放下酒杯,两手托着了头,呆呆地向灰暗的空中凝视了一会儿,忽而有一种沉郁的哀音夹在黑暗的空气里,渐渐的从远处传了过来。这哀音有使人一步一步在感情中沉没下去的魔力,这本来也就是中国管弦乐的特色。过了几分钟,这哀音的发动者渐渐地走近我的身边,我才辨出了一种胡琴与碰击瓷器的谐音来。啊啊!你们原来是流浪的音乐家,在这半开化的杭州城里想卖艺糊口的可怜虫!

他们二三人的瘦长的清影,和后面跟着看的几个小孩,在酒馆前头掠过了。那一种凄楚的谐音,也一步一步的幽咽了,听不见了。我心里忽起了一种绝大的渴念,想追上他们,去饱尝一回哀音的美味。付清了酒账,我就走出店来,在黑暗中追赶上去。但是他们的几个人,不知走上了什么方向,我拼死的追寻,终究寻他们不着。唉,这昙花的一现,难道是我的幻觉吗?难道是上帝显示给我的未来的预言吗?但是那悠扬沉郁的弦音和磁盘碰击的声响,还缭绕在我的心中。我在行人稀少的黑暗的街上东奔西走的追寻了一会,没有方法,就从丰乐桥直街走到西湖的边上。

湖上没有月华,湖滨的几家茶楼旅馆,也只有几点清冷的电灯,在那里放淡薄的微光,宽阔的马路上,行人也寥落得很。我横过了湖塍马路,在湖边上立了许久。湖的三面,只有沉沉的山影,山腰山脚的别庄里,有几点微明的灯光,要静看才看得出来。几颗淡淡的星光,倒映在湖里,微风吹来,湖里起了几声豁豁的浪声。四边静极了。我把一支吸尽的纸烟头丢入湖里,啾的响了一声,纸烟的火就熄了。我被这一种静寂的空气压迫不过，就放大了喉咙，对湖心噢噢的发了一声长啸，我的胸中觉得舒畅了许多。沿湖向西走了一段，我忽在树荫下椅子上，发现了一对青年男女。他和她的态度太无忌惮了，我心里忽起了一种不快之感，把刚才长啸之后的畅怀消尽了。

啊啊！青年的男女哟！享受青春，原是你们的特权，也是我平时的主张。但是，但是你们在不幸的孤独者前头，总应该谦逊一点，方能完全你们的爱情的美好。你们且牢牢记着吧！对了贫儿，切不要把你们的珍珠宝物显给他看，因为贫儿看了，愈要觉得他自家贫困的呀！

我从人家睡尽的街上，走回城站附近的旅馆里来的时候，已经是深夜了。解衣上床，躺了一会儿，终觉得睡不着。我就点上一支纸烟，一边吸着，一边在看帐顶。在沉闷的旅舍夜半的空气里，我忽而听见一阵清脆的女人声音，和门外的茶房，在那里说话。

啊啊！本来是神经衰弱的我，即在极安静的地方，尚且有时睡不着觉，哪里还经得起这样的吵闹呢！

九

我睡在床上，被间壁的声音挑拨得不能合眼，没有方法，只能起来上街去闲步。这时候大约是后半夜的一两点钟的样子，上海的夜车早已到着，羊市街福缘巷的旅店，都已关门睡了。街上除了几乘散乱停住的人力车外，只有几个敝衣凶貌的罪恶的子孙在灰色的空气里阔步。我一边走一边想起了留学时代在异国的首都里每晚每晚的夜行，把当时的情状与现在在这中国的死灭的都会里这样的流离的状态一对照，觉得我的青春，我的希望，我的生活，都已成了过去的云烟，现在的我和将来的我只剩得极微细的一些儿现实味，我觉得自家实际上已经成了一个幽灵了。我用手向身上摸了一摸，觉得指头触着了一种极粗的夏布材料，又向脸上用了力摘了一把，神经感得了一种痛苦。

"还好还好,我还活在这里,我还不是幽灵,我还有知觉哩!"

这样的一想,我立时把一刻前的思想打消,恰好脚也正走到了拐角头的一家饭馆前了。在四邻已经睡寂的这深更夜半,只有这一家店同睡相不好的人的嘴似的空空洞洞的还开在那里。我晚上不曾吃过什么,一见了这家店里的锅子炉灶,便觉得饥饿起来,所以就马上踏了进去。

喝了半斤黄酒,吃了一碗面,到付钱的时候,我又痛悔起来了。我从上海出发的时候,本来只有五元钱的两张钞票。坐二等车已经是不该的了,况又在车上大吃了一场。此时除付过了酒面钱外,只剩得一元几角余钱,明天付过旅馆宿费,付过早饭账,付过从城站到江干的黄包车钱,哪里还有钱购买轮船票呢?我急得没有方法,就在静寂黑暗的街巷里乱跑了一阵,我的身体,不知不觉又被两脚搬到了西湖边上。湖上的静默的空气,比前半夜,更增加了一层神秘的严肃,游戏场也已经散了,马路上除了拐角头边上的没有看见车夫的几乘人力车外,生动的物事一个也没有。我走上了环湖马路,在一家往时也曾投宿过的大旅馆的窗下立了许久。看看四边没有人影,我心里忽然来了一种恶魔的诱惑。

"破窗进去吧,去摄取几个钱来吧!"

我用了心里的手,把那扇半掩的窗门轻轻地推开,把窗门外的铁杆,细心地拆去了二三支,从墙上一踏,我就进了那间屋子。我的心眼,看见床前白帐子下摆着一双白花缎的女鞋,衣架上挂着一件纤巧的白华丝纱衫,和一条黑纱裙。我把洗面台的抽斗轻轻抽开,里边在一个小小儿的粉盒和一把白象牙骨折扇的旁边,横躺着一个沿口有光亮的钻珠绽着的女人用的口袋。我向床上看了几次,便把那口袋拿了,走到窗前,心里起了一种怜惜羞悔的心思,又走回去,把口袋放归原处。站了一忽,看看那狭长的女鞋,心里忽又起了一种异想,就伏倒去把一只鞋子拿在手里。我把这双女鞋闻了一回,玩了一回,最后又起了一种残忍的决心,索性把口袋鞋子一齐拿了,跳出窗来。我幻想到了这里,忽然恢复了我的意识,面上就立时变得绯红,额上也钻出了许多珠汗。我眼睛眩晕了一阵,我就急急地跑回城站的旅馆来了。

郁达夫 散文

十

奔回到旅馆里，打开了门，在床上静静的躺了一忽，我的兴奋，渐渐的镇静了下去。间壁的两位幸福者也好像各已倦了，只有几声短促的鼾声和时时从半睡状态里漏出来的一声二声的低幽的梦话，击动我的耳膜。我经了这一番心里的冒险，神经也已倦竭，不多一会，两只眼包皮就也沉沉的盖下来了。

一睡醒来，我没有下床，便放大了喉咙，高叫茶房，问他是什么时候。

"十点钟哉，鲜散（先生）！"

啊啊！我记得接到我祖母的病电的时候，心里还没有听见这一句回话时的恼乱！即趁早班轮船回去，我的经济，已难应付，哪里还禁得在杭州再留半日呢？况且下午二点钟开的轮船是快班，价钱比早班要贵一倍。我没有方法，把脚在床上蹬踢了一回，只得悻悻地起来洗面。用了许多愤激之辞，对茶房发了一回脾气，我就付了宿费，出了旅馆从羊市街慢慢的走出城来。这时候我所有的财产全部，除了一个瘦黄的身体之外，就是一件半旧的夏布长衫，一套白洋纱的小衫裤，一双线袜，两只半破的白皮鞋和八角小洋。

太阳已经升上了中天，光线直射在我的背上。大约是因为我的身体不好，走不上半里路，全身的粘汗竟流得比平时更多一倍。我看看街上的行人，和两旁的住屋中的男女，觉得他们都很满足的在那里享乐他们的生活，好像不晓得忧愁是何物的样子。背后忽而起了一阵铃响，来了一乘包车，车夫向我骂了几句，跑过去了，我只看见了一个坐在车上穿白纱上衫的少年绅士的背形，和车夫的在那里跑的两只光腿。我慢慢的走了一段，背后又起了一阵车夫的威胁声，我让开了路，回转头来一看，看见了三部人力车，载着三个很纯朴的女学生，两腿中间各夹着些白皮箱铺盖之类，在那里向我冲来。她们大约是放了暑假赶回家去的。我此时心里起了一种悲愤，把平时祝福善人的心地忘了，却用了憎恶的眼睛，狠狠的对那些威胁我的人力车夫看了几眼。啊啊，我外面的态度虽则如此凶恶，但一边心里我却在原谅你们的呀！

你们这些可怜的走兽。可怜你们平时也和我一样，不能和那些年轻的女性接触。这也难怪你们的，难怪你们这样的乱冲，这样的兴高采烈的。这几个女性的身体岂不是载在你们的车上的么？她们的白嫩的肉体上岂不是有一种电气传到你们的身上来的么？虽则原因不同，动机卑微，但是你们的汗，岂不也是为了这几个女性的肉体而流的么？啊啊，我若有气力，也愿跟了你们去典一乘车来，专拉拉这样的如花少女。我更愿意拼死的驰驱，消尽我的精力。我更愿意不受她们半分的物质上的报酬金。

走出了凤山门，站住了脚，默默的回头来看了一眼，我的眼角又忽然涌出了两颗珠露来！

"珍重珍重，杭州的城市！我此番回家，若不马上出来，大约总要在故乡永住了，我们的再见，知在何日？万一情状不佳，故乡父老不容我在乡间终老，我也许到严子陵的钓石矶头，去寻我的归宿的，我这一瞥，或将成了你我的最后的诀别，也未可知。我到此刻，才知道我胸际实在在痛爱你的明媚的湖山的，不过盘踞在你的地上的那些野心狼子，不得不使我怨你恨你罢了。啊啊，珍重珍重，杭州的城市！我若在波中淹没的时候，最后映到我的心眼上来的，也许是我儿时亲睦的你的媚秀的湖山罢！"

还乡后记

风烟俱净，天山共色，从流飘荡，任意东西，自富阳至桐庐一百许里，奇山异水，天下独绝。水皆缥碧，千丈见底，游鱼细石，直视无碍，急湍甚箭，猛浪若奔，隔岸高山，皆生寒树，负势竟上，互相轩邈，争高直指，千百成群。泉水激石，泠泠作响，好鸟相鸣，嘤嘤成韵。蝉则千啭不穷，猿则百叫无绝，鸢飞戾天者，望峰息心，经纶世务者，窥谷忘反，横柯上蔽，在昼犹昏，疏条交映，有时见日。

吴均

郁达夫 散文

一

"比在家庭的怀抱里觉得更好的地方,是什么地方?"像这样的地方,当然是没有的,法国的这一句古歌,实在是把人情世态道尽了。

当微雨潇潇之夜,你若身眠古驿,看看萧条的四壁,看看一点欲尽的寒灯,倘不想起家庭的人,这人便是没有心肠者,任它草堆也好,破窑也好,你儿时放摇篮的地方,便是你死后最好的葬身之所呀!我们在客中卧病的时候,每每要想及家乡,就是这事的明证。

我空拳只手的奔回家去。到了杭州,又把路费用尽,在赤日的底下,在车行的道上,我就不得不步行出城。缓步当车,说起来倒是好听,但是在二十世纪的堕落的文明里沉浸过的我,既贫贱而又多骄,最喜欢张张虚势,更何况平时是以享乐为主义的我,又哪里能够好好的安贫守分,和乡下人一样的蹀躞泥中呢!

这一天阴历的六月初三,天气倒好得很。但是炎炎的赤日,只能助长有钱有势的人的纳凉佳兴,与我这行路病者,却是丝毫无益的!我慢慢的出了凤山门,立在城河桥上,一边用了我那半旧的夏布长衫襟袖,揩拭汗水,一边回头来看看杭州的城市,与杭州城上盖着的青天和城墙界上的一排山岭,真有万千的感慨,横亘在胸中。预言者自古不为其故乡所容,我今朝却只能对了故里的丘山,来求最后的荫庇,五柳先生的心事,痛可知了。

啊啊!亲爱的诸君,请你们不要误会,我并非是以预言者自命的人,不过说我流离颠沛,却是与预言者的境遇相同,社会错把我作了天才看待罢了。即使罗秀才能行破石飞鸡的奇迹,然而他的品格,岂不和漂泊在欧洲大陆,猖狂乞食的其泊西(gipsy)一样吗?

我勉强走到了江干,腹中饥饿得很了。回故乡去的早班轮船,当然已经开出,等下午的快船出发,还有三个钟头。我在杂乱窄狭的南星桥市上漂流了一会儿,在靠江的一条冷清的夹道里找出了一家坍败的饭馆来。

饭店的房屋的骨骼,同我的胸腔一样,肋骨已经一条一条的数得出来了。幸亏还有左侧的一根木桡，从邻家墙上，横着支住在那里，否则怕去秋的潮汛，早好把它拉入了江心，作伍子胥的烧饭柴火去了。店里的几张板凳桌子，都积满了灰尘油腻，好像是前世纪的遗物。账柜上坐着一个四十内外的女人，在那里做鞋子。灰色的店里，并没有什么生动的气象，只有在门口柱上贴着的一张"安寓客商"的尘蒙的红纸，还有些微现世的感觉。我因为脚下的钱已快完，不能更向热闹的街心去寻辉煌的菜馆，所以就慢慢地踱了进去。

啊啊，物以类聚！你这短翼差池的饭馆，你若是二足的走兽，那我正好和你分庭抗礼结为兄弟哩。

二

假使天公下一阵微雨，把钱塘江两岸的风景，罩得烟雨模糊，把江边的泥路，浸得污浊难行，那么这时候江干的旅客，必要减去一半，那么我乘船归去，至少可以少遇见几个晓得我的身世的同乡；即使旅客不因之而减少，只教天上有暗淡的愁云蒙着，阶前屋外有几点雨滴的声音，那么围绕在我周围的空气和自然的景物，总要比现在更带有些阴惨的色彩，总要比现在和我的心境更加相符。若希望再奢一点，我此刻更想有一具黑漆棺木在我的旁边。最好是秋风凉冷的九十月之交，叶落的林中，阴森的江上，不断地筛着渺漾的秋雨。我在凋残的芦苇里，雇了一叶扁舟，当日暮的时候，在送灵柩归去。小船除舟子而外，不要有第二个人。棺里卧着的，若不是和我寝处追随的一个年少妇人，至少也须是一个我的至亲骨肉。我在灰暗微明的黄昏江上，雨声淅沥的芦苇丛中，赤了足，张了油纸雨伞，提了一张灯笼，摸上船头上去焚化纸帛。

我坐在靠江的一张破桌子上，等那柜上的妇人下来替我炒蛋炒饭的时候，看看西兴对岸的青山绿树，看看江上的浩荡波光，又看看在江边沙渚的晴天赤日下来往的帆樯肩舆和舟子牛车，心里忽起了一种怨恨天帝的心思。我怨恨了一阵，痴想了一阵，就把我的心愿，原原本本的排演了出来。我一边在那里焚化纸帛，一边却对棺里的人说：

"Jeanne！我们要回去了，我们要开船了！怕有野鬼来麻烦，你就拿这一点纸帛送给他们罢！你可要饭吃？你可安稳？你可是伤心？你不要怕，我在这里，我什么地方也不去了，我只在你的边上……"

我幽幽的讲到最后的一句，咽喉就塞住了。我在座上拱了两手，把头伏了下去，两面颊上，只感着了一道热气。我重新把我所欲爱的女人，一个一个想了出来，见她们闭着口眼，冰冷的直卧在我的前头。我觉得隐忍不住了，竟任情的放了一声哭声。那个在炉灶上的妇人，以为我在催她的饭，她就同哄小孩子似的用了柔和的声气说：

"好了好了！就快好了，请再等一会儿！"

啊啊！我又想起来了，我又想起来了，年幼的时候，当我哭泣的时候，祖母母亲哄我的那一种声气！

"已故的老祖母，倚闾的老母亲！你们的不肖的儿孙，现在正落魄了在江干等回故里的船呀！"

我在自己制成的伤心的泪海里游泳了一会，那妇人捧了一碗汤，一碗炒饭，摆到了我的面前来。我仰起头来对她一看，她倒惊了一跳。对我呆看了一眼，她就去绞了一块手巾来递给我，叫我擦一擦面。我对了这半老妇人的殷勤，心里说不出的只在感谢。几日来因为睡眠不足，营养不良的缘故，已经是非常感觉衰弱，动着就要流泪的我，对她的这一种感谢，也变成了两行清泪，噗嗒的滴下了腮来，她看了这种情形，就问我说：

"客人，你可是遇见了坏人？"

我摇了摇头，勉强的对她笑了一笑，什么话也不能回答。她呆呆的立了一回，看我不能讲话，也就留了一句："饭不够吃，再好炒的。"安慰我的话，走向她的柜上去了。

三

我吃完了饭，付了她两角银角子，把找回来的八九个铜子，也送给了她，她

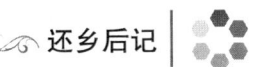

却摇着头说:"客人,你是赶船的么?船上要用钱的地方多得很哩,这几个铜子你收着用罢!"

我以为她怪我吝啬,只给她几个铜子的小账,所以又摸了两角银角子出来给她。她却睁大了眼睛对我说:

"咿咿!这算什么?这算什么?"

她硬不肯收,我才知道了她的真意,所以说:

"但是无论如何,我总要给你几个小账的。"

她又推了一会,才收了三个铜子说:

"小账已经有了。"

啊啊,我自回中国以来,遇见的都是些卑污贪暴的野心狼子,我万万想不到在浇薄的杭州城外,有这样的一个真诚的妇人的。妇人呀妇人,你的坍败的屋椽,你的凋零的店铺,大约就是你的真诚的结果,社会对你的报酬!啊啊,我真恨我没有黄金十万,为你建造一家华丽的酒楼。

"再会再会!"

"顺风顺风!船上要小心一点。"

"谢谢!"

我受妇人的怜惜,这可算是平生的第一次。

我出了饭馆,从太阳晒着的这条冷静的夹道,走上轮船公司的那条大街上去。大约是将近午饭的时候了,街上的行人,比曩时少了许多。我走到轮船公司门口,向窗里一看,见账房内有五六个男子围了桌子,赤了膊在那里说笑吃饭。卖票的窗前的屋里,在角头椅上,只坐着两个乡下人,在那里等候,从他们的衣服、态度上看来,他们必是临浦萧山一带的农民,也不知他们有什么心事,他们的眉毛却蹙得紧紧的。

我走近了他们,在他们旁边坐下之后,两人中间的一个看了我一眼,问我说:

"鲜散(先生)!到临浦严办(烟篷)几个脸(钱)?"

"我也不知道,大约是一二角角子吧。"

"喏(你)到啥地方起(去)咯?"

"我上富阳去的。"

"哎（我们）是为得打官司到杭州来咯。"

我并不问他，他却把这一回因为一个学堂里出身的先生告了他的状，不得不到杭州来的事情对我详细地诉说了：

"哎真勿要打官司啦！格煞（现在）田里已（又）忙，宁（人）也走勿开，真真苦煞哉啦！汉（那）个学堂里个（的）鲜散，心也脱凶哉，哎请啦宁刚（讲）过好两遍，情愿拿出八十块洋钿不（给）其（他），其（他）要哎百念块。喏（你）看，格煞五荒六月，教哎啥地方去变出一百念块洋钿来呢！"

他说着似乎是很伤心的样子。

"唉唉！你这老实的农民，我若有钱，我就给你一百二十块钱救你出险了。但是

Thou's met me in an evil hour,

……

To spare thee now is past my power.

……

我心里这样的一想，又重新起了一阵身世之悲。他看我默默的不语，便也住了口，仍复沉入悲愁的境里去了。

四

我坐在轮船公司的那只角上，默默地与那农民相对，耳里断断续续的听了些在账房里吃饭的人的笑语，只觉得一阵一阵的哀心隐痛，绝似临盆的孕妇，要产产不出来的样子。

杭州城外，自闸口至南星，统江干一带，本是我旧游之地，我记得没有去国之先，在岸边花艇里，金樽檀板，也曾眠醉过几场。江上的明月，月下的青山，与越郡的鸡酒，佐酒的歌姬，当然依旧在那里助长人生的乐趣。但是我呢？我身上的变化呢？我的同干柴似的一双手里，只捏了三个两角的银角子，在这里等买

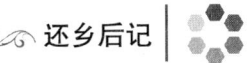

船票!

过了一点多钟,轮船公司的那间屋里,挤满了旅人,我因为怕逢知我的同乡,只俯了首,默默的坐着不敢吐气。啊啊,窗外的被阳光晒着的长街,在街上手轻脚健快快活活来往的行人,请你们饶恕我的罪罢,这时候我心里真恨不得丢一个炸弹,与你们同归于尽呀。

跟了那两个农民,在窗口买了一张烟篷船票,我就走出公司,走上码头,走上跳板,走上驳船去。

原来钱塘江岸,浅滩颇多,码头下有一排很长的跳板,接在那里。我跟了众人,一步一步的从跳板上走到驳船里去的时候,却看见了一个我自家的影子,斜映在江水里,慢慢地在那里前进。等走到跳板尽处,将上驳船的时候,我心里忽而想起了一段我女人写给我的信上的话来:

> 我从来没有一个人单独出过门,那天晚上,我对你说的让我一个人回去的话,原是基于一时的意气而发,我实不知道抱着一个六个月的孩子的妇人的单独旅行,是如何的苦法的。那天午后,你送我上车,车开之后,我抱了龙儿,看看车里坐着的男女,觉得都比我快乐。我又探头出来,遥向你住着的上海一望,只见了几家工厂,和屋上排列在那里的一列烟囱。我对龙儿看了一眼,就不知不觉的涌出了两滴眼泪。龙儿看了我这样子,也好像有知识似的对我呆住了。他跳也不跳了,笑也不笑了,默默的尽对我呆看。我看了这种样子,更觉得伤心难耐,就把我的颜面俯上他的脸去,紧紧地吻了他一回。他呆了一会儿,就在我的怀里睡着了。
>
> 火车行行前进,我看看车窗外的野景,忽而想起去年你带我出来的时候的景象。啊啊!去岁的初秋,你我一路出来上 A 地去的快乐的旅行,和这一回惨败了回来的情状一比,当时的感慨如何,大约是你所能推想得出的吧!
>
> 在江干的旅馆里过了一夜,第二天的早晨,我差茶房送了一个信给

住在江干的我的母舅，他就来了。把我的行李送上轮船之后，买了票子，他又来陪我上船去。龙儿硬不要他抱，所以我只能抱着龙儿，跟在他后面，一步一步的走上那骇人的跳板去，等跳板走尽的时候，我想把龙儿交给母舅，纵身一跳，跳入钱塘江里去的。但是仔细一想，在昏夜的扬子江边还淹不死的我，在白日的这浅渚里，又哪里能达到我的目的？弄得半死不活，走回家去，反而要被人家笑话，还不如忍着吧。

我到家以后，这几天里，简直还没有取过饮食，所以也没有气力写信给你。请你谅我……

五

啊啊，贫贱夫妻百事哀！我的女人呀，我累你不少了。

我走上了驳船，在船篷下坐定之后，就把三个月前，在上海北站，送我女人回家的事情想了出来。忘记了我的周围坐着的同行者，忘记了在那里摇动的驳船，并且忘记了我自家的失意的情怀，我只见清瘦的我的女人抱了我们的营养不良的小孩在火车窗里，在对我流泪。火车随着蒸汽机关在那里前进，她的眼泪洒满的苍白的脸儿，也和车轮合着了拍子，一隐一现的在那里窥探我。我对她点一点头，她也对我点一点头。我对她手招一招，教她等我一忽，她也对我手招一招。我想使尽我的死力，跳上火车去和她坐一块儿，但是心里又怕跳不上去，要跌下来。我迟疑了许久，看她在窗里的愁容，渐渐的远下去，淡下去了，才抱定了决心，站起来向前面伸出了一只手去。我攀着了一根铁杆，听见了一声咚咚的冲击的声音，纵身向上一跳，觉得双脚踏在木板上了。忽有许多嘈杂的人声，逼上我的耳膜来，并且有几只强有力的手，突突的向我背后推打了几下。我回转头来一看，方知是驳船到了轮船身边，大家在争先的跳上轮船来，我刚才所攀着的铁杆，并不是火车的回栏，我的两脚也并不是在火车中间，却踏在小轮船的舷上了。

我随了众人挤到后面的烟篷角上去占了一个位置，静坐了几分钟，把头脑休息了一下，方才从刚才的幻梦状态里醒了转来。

向窗外一望，我看见透明的淡蓝色的江水，在那里反射日光。更抬头起来，望到了对岸，我看见一条黄色的沙滩，一排苍翠的杂树，静静地躺在午后的阳光里吐气。

我弯了腰背孤零零的坐了一忽，轮船开了。在闸口停了一停，这一只同小孩子的玩具似的小轮船就仆独仆独的奔向西去。两岸的树林沙渚，旋转了好几次，江岸的草舍，农夫和偶然出现的鸡犬小孩，都好像是和平的神话里的材料，在那里等赫西奥特（Hesiod）的吟咏似的。

经过了闻家堰，不多一忽，船就到了东江嘴，上临浦义桥的船客，是从此地换入更小的轮船，溯支江而去的。买票前和我坐在一起的那两个农民，被茶房拉来拉去的拉到了船边，将换入那只等在那里的小轮船去的时候，一个和我讲过话的人，忽而回转头来对我看了一眼，我也不知不觉的回了他一个目礼。啊啊！我真想跟了他们跳上那只小轮船去，因为一个钟头之后，我的轮船就要到富阳了，这回前去停船的第一个码头，就是富阳了，我有什么面目回家去见我的衰亲，见我的女人和小孩呢？

但是命运注定的最坏的事情，终究是避不掉的。轮船将近我故里的县城的时候，我的心脏的鼓动也和轮船的机器一样，仆独仆独的响了起来。等船一靠岸，我就杂在众人堆里，披了一身使人眩晕的斜阳，俯着首走上岸来。上岸之后，我却走向和回家的路径方向相反的一个冷街上的土地庙去坐了两点多钟。等太阳下山，人家都在吃晚饭的时候，我方才乘了夜阴，走上我们家里的后门边去。我侧耳一听，听见大家都在庭前吃晚饭，偶尔传过来的一声我女人和母亲的说话的声音，使我按不住地想奔上前去，和她们去说一句话，但我终究忍住了。乘后门边没有一个人在，我就放大了胆，轻轻推开了门，不声不响的摸上楼上我的女人的房里去睡了。

晚上我的女人到房里来睡的时候，如何的惊惶，我和她如何的对泣，我们如何的又想了许多谋自尽的方法，我在此地不记下来了，因为怕人家说我是为欲引起人家的同情的缘故，故意的在夸张我自家的苦处。

大风圈外

——自传之七

人生的变化,往往是从不可测的地方开展开来的;中途从那一所教会学校退出来的我们,按理是应该额上都负着了该隐的烙印,无处再可以容身了啦,可是城里的一处浸礼会的中学,反把我们当作了义士,以极优待的条件欢迎了我们进去。这一所中学的那位美国校长,非但态度和蔼,中怀磊落,并且还有着外国宣教师中间所绝无仅见的一副很聪明的脑筋。若要找出一点他的坏处来,就在他的用人的不当;在他手下做教务长的一位绍兴人,简直是那种奴颜婢膝,谄事外人,趾高气扬,压迫同种的典型的洋狗。

校内的空气,自然也并不平静。在自修室,在寝室,议论纷纭,为一般学生所不满的,当然是那只洋狗。

"来它一下吧!"

"吃吃狗肉看!"

"顶好先敲他一顿!"

像这样的各种密议与策略,虽则很多,可是终于也没有一个敢首先发难的人。满腔的怨愤,既找不着一条出路,不得已就只好在作文的时候,发些纸上的牢骚。于是各班的文课,不管出的是什么题目,总是横一个呜呼,竖一个呜呼地悲啼满纸,有几位同学的卷子,从头至尾统共还不满五六百字,而呜呼却要写着一二百个。那位改国文的老先生,后来也没法想了,就出了一个禁令,禁止学生,以后不准再读再做那些呜呼派的文章。

那时候这一种"呜呼"的倾向,这一种不平,怨愤,与被压迫的悲啼,以及人心跃跃山雨欲来的空气,实在还不只是一个教会学校里的舆情;学校以外的各层社会,也像是在大浪里的楼船,从脚到顶,都在颠摇波动着的样子。

愚昧的朝廷，受了西宫毒妇的阴谋暗算，一面虽想变法自新，一面又不得不利用了符咒刀枪，把红毛碧眼的鬼子，尽行杀戮。英法各国屡次的进攻，广东津沽再三的失陷，自然要使受难者的百姓起来争夺政权。洪杨的起义，两湖山东捻子的运动，回民苗族的独立等等，都在暗示着专制政府清朝的命运，孤城落日，总崩溃是必不能避免的下场。

催促被压迫至二百余年之久的汉族结束奋起的，是徐锡麟、熊成基诸先烈的牺牲勇猛的行为；北京的几次对清朝大员的暗杀事件，又是当时热血沸腾的一般青年们所受到的最大激刺。而当这前后，此绝彼起地在上海发行的几家报纸，像《民吁》《民立》之类，更是直接灌输种族思想，提倡革命行动的有力的号吹。到了宣统二年的秋冬（1910年庚戌），政府虽则在忙着召开资政院，组织内阁，赶制宪法，冀图挽回颓势，欺骗百姓，但四海汹汹，革命的气运，早就成了矢在弦上，不得不发的局面了。

是在这一年的年假放学之前，我对当时的学校教育，实在是真的感到了绝望，于是自己就定下了一个计划，打算回家去做从心所欲的自修工夫。第一，外界社会的声气，不可不通，我所以想去订一份上海发行的日报。第二，家里所藏的四部旧籍，虽则不多，但也尽够我的两三年的翻读，中学的根底，当然是不会退步的。第三，英文也已经把第三册文法读完了，若能刻苦用功，则比在这种教会学校里受奴隶教育，心里又气，进步又慢的半死状态，总要痛快一点。自己私私决定了这大胆的计划以后，在放年假的前几天，也着实去添买了些预备带回去作自修用的书籍。等年假考一考完，于一天冬晴的午后，向西跟着挑行李的脚夫，走出候潮门上江干去坐夜航船回故乡去的那一刻的心境，我到现在还不能忘记。

"牢狱变相的你这座教会学校啊！以后你对我还更能加以压迫么？"

"我们将比比试试，看将来还是你的成绩好，还是我的成绩好？"

"被解放了！以后便是凭我自己去努力，自己去奋斗的远大的前程！"

这一种喜悦，这一种充满着希望的喜悦，比我初次上杭州来考中学时所感到的，还要紧张，还要肯定。

在故乡索居独学的生活开始了，亲戚友属的非难讪笑，自然也时时使我的决心动摇,希望毁灭;但我也已经有16岁的年纪了,受到了外界的不了解我的讥讽之后,当然也要起一种反驳的心理作用。人家若明显地问我"为什么不进学堂去读书?",不管他是好意还是恶意,我总以"家里再没有钱供给我去浪费了"的一句话回报他们。有几个满怀着十分的好意,劝告我"在家里闲住着终不是青年的出路"的时候,我总以"现在正在预备,打算下年就去考大学"的一句衷心话来作答。而实际上这将近两年的独居苦学,对我的一生,却是收获最多,影响最大的一个预备时代。

每日清晨,起床之后,我总面也不洗,就先读一个钟头的外国文。早餐吃过,直到中午为止,是读中国书的时间,一部《资治通鉴》和两部《唐宋诗文醇》,就是我当时的课本。下午看一点科学书后,大抵总要出去散一回步。季节已渐渐地进入到了春天,是1911年宣统辛亥年的春天了,富春江的两岸,和往年一样地绿遍了青青的芳草,长满了袅袅的垂杨。梅花落后,接着就是桃李的乱开;我若不沿着江边,走上城东鹳山上的春江第一楼去坐看江总或上北门外的野田间去闲步,或出西门向近郊的农村天地里去游行。

附廓的农民的贫穷与无智,经我几次和他们接谈及观察的结果,使我有好几晚不能够安睡。譬如一家有五六口人口,而又有着十亩田的己产,以及一间小小的茅屋的自作农罢,在近郊的农民中间,已经算是很富有的中上人家了。从四五月起,他们先要种秧田,这二分或三分的秧田大抵是要向人家去租来的,因为不是水旱无伤的上田,秧就不能种活。租秧田的费用,多则三五元,少到一二元,却不能再少了。五六月在烈日之下分秧种稻,即使全家出马,也还有赶不成同时插种的危险;因为水的关系,气候的关系,农民的时间,却也同交易所里的闲食者们一样,是一刻也差错不得的。即使不雇工人,和人家交换做工,而把全部田稻种下之后,三次的耘植与用肥的费用,起码也要合二三元钱一亩的盘算。倘使天时凑巧,最上的丰年,平均一亩,也只能收到四五石的净谷;而从这四五石谷里,除去完粮纳税的钱,除去用肥料租秧田及间或雇用忙工的钱后,省下来还够得一家五口的一年之食么?不得已自然只好另外想法,譬如把稻草拿来做草纸,利用田的闲时来种麦种菜种豆类等等,但除稻以外的副作物的报酬,终竟是有限得很的。

　　耕地报酬渐减的铁则,丰年谷贱伤农的事实,农民们自然哪里会有这样的知识;可怜的是他们不但不晓得去改良农种,开辟荒地,一年之中,岁时伏腊,还要把他们汗血钱的大部,去花在求神佞佛,与满足许多可笑的虚荣的高头。

　　所以在二十几年前头,即使大地主和军阀的掠夺,还没有像现在那么的厉害,中国农村是实在早已濒于破产的绝境了,更哪里还经得起廿年的内乱,廿年的外患,与廿年的剥削呢?

　　从这一种乡村视察的闲步回来,在书桌上躺着候我开拆的,就是每日由上海寄来的日报。忽而英国兵侵入云南占领片马了,忽而东三省疫病流行了,忽而广州的将军被刺了;凡见到的消息,又都是无能的政府,因专制昏庸,而酿成的惨剧。

　　黄花岗七十二烈士的义举失败,接着就是四川省铁路风潮的勃发,在我们那一个一向是沉静得同古井似的小县城里,也显然的起了动摇。市面上敲着铜锣,卖朝报的小贩,日日从省城里到来。脸上画着八字胡须,身上穿着披开的洋服,有点像外国人似的革命党员的画像,印在薄薄的有光洋纸之上,满贴在茶坊酒肆的壁间,几个日日在茶酒馆中过日子的老人,也降低了喉咙,皱紧了眉头,低低切切,很严重地谈论到了国事。

　　这一年的夏天,在我们的县里西北乡,并且还出了一次青红帮造反的事情。省里派了一位旗籍都统,带了兵马来杀了几个客籍农民之后,城里的街谈巷议,更是颠倒错乱了;不知从哪一处地方传来的消息,说是每夜四更左右,江上东南面的天空,还出现了一颗光芒拖得很长的扫帚星。我和祖母、母亲,发着抖,赶着四更起来,披衣上江边去看了好几夜,可是扫帚星却终于没有看见。

　　到了阴历的七八月,四川的铁路风潮闹得更凶,那一种谣传,更来得神秘奇异了,我们的家里,当然也起了一个波澜,原因是因为祖母、母亲想起了在外面供职的我那两位哥哥。

　　几封催他们回来的急信发后,还盼不到他们的复信的到来,八月十八(阳历十月九日)的晚上,汉口俄租界里炸弹就爆发了。从此急转直下,武昌革命军的义旗一举,不消旬日,这消息竟同晴天的霹雳一样,马上就震动了全国。

报纸上二号大字的某处独立,拥某人为都督等标题,一日总有几起;城里的谣言,更是青黄杂出,有的说"杭州在杀没有辫子的和尚",有的说"抚台已经逃了",弄得一般居民,乡下人逃上了城里,城里人逃往了乡间。

我也日日的紧张着,日日的渴等着报来;有几次在秋寒的夜半,一听见喇叭的声音,便发着抖穿起衣裳,上后门口去探听消息,看是不是革命党到了。而沿江一带的兵船,也每天看见驶过,洋货铺里的五色布匹,无形中销售出了大半。终于有一天阴寒的下午,从杭州有几只张着白旗的船到了,江边上岸来了几十个穿灰色制服,荷枪带弹的兵士。县城里的知县,已于先一日逃走了,报纸上也报着前两日,上海已为民军所占领。商会的巨头,绅士中的几个有声望的,以及残留着在城里的一位贰尹,联合起来出了一张告示,开了一次欢迎那几十位穿灰色制服的兵士的会,家家户户便挂上了五色的国旗,杭城光复,我们的这个直接附属在杭州府下的小县城,总算也不遭兵燹,而平平稳稳地脱离了清朝的压制。

平时老喜欢读悲歌慷慨的文章,自己捏起笔来,也老是痛哭淋漓,呜呼满纸的我这一个热血青年,在书斋里只想去冲锋陷阵,参加战斗,为众舍身,为国效力的我这一个革命志士,际遇着了这样的机会,却也终于没有一点作为,只呆立在大风圈外,捏紧了空拳头,滴了几滴悲壮的旁观者的哑泪而已。

写作闲谈

一 文体

法国批评家说,文体像人;中国人说,言为心声,不管是如何善于矫揉造作的人,在文章里,自然总会流露一点真性情出来,这是一定的道理。《钤山堂集》的"青词自媚",早就流露出挟权误国的将来;咏怀堂的《春灯》《燕子》便翻破了全卷,也寻不出一根骨子。(从真善美来说,美与善,有时可以一致,有时可以分家；唯既真且美的，则非善不成）。所以说，"文者人也""言为心声"的两句话，绝不会错。

古人文章里的证据，固已举不胜举，就拿今人的什么前瞻与后顾等文章来看，结果也绝逃不出这一个铁则。前瞻是投机政客时，后顾一定是汉奸头目无疑；前瞻是夸党能手时，后顾也一定是汉奸牛马走狗了。洋洋大文的前瞻与后顾之类的万言书，实际只教两语，就可以道破。

色厉内荏，想以文章来文过，只欺得一时的少数人而已，欺不得后世的多数人。"杀吾君者，是吾仇也；杀吾仇者，是吾君也，"掩得了吴逆的半生罪恶了么？

二　文章的起头

仿佛记得夏丏尊先生的文章作法里，曾经说起过文章起头的话，大意是大作家的大作品，开头便好，如托尔斯泰的《战争与和平》的开头，以及岛崎藤村的《春》《破戒》的开头等等（原作中各引有一段译文在）。这话我当时就觉得他说的很对（后来才知道日本五十岚及竹友藻风两人，也说过同样的话），到现在，我也便觉得这话的耐人寻味。

譬如，托尔斯泰的《婀娜小史》的起头，说："幸福的家庭，大致都家家相仿佛似的，而不幸的家庭却一家有一家的特异之处"（原文记不清了，只凭二十余年前读过的记忆，似乎大意是如此的）。

又譬如：斯曲林特白儿希的《地狱》的开头，说："在北车站送她上了火车之后，我真如释了重负"云云（原文亦记不得清了，大意如此）。

三　结局

浪漫派作品的结局，是以大团圆为主；自然主义派作品的结局大抵都是平淡，唯有古典派作品的悲喜剧，结局悲喜最为分明。实在，天下事绝没有这么的巧，或这么的简单和自然，以及这么的悲喜分明。有生必有死，有得必有失，不必佛家，谁也都能看破。所谓悲，所谓喜，也只执着了人生的一面。

以蟪蛄来视人的一生，则蟪蛄微微，以人的人生来视宇宙，则人生尤属渺渺，更何况乎在人生之中仅仅一小小的得失呢？前有塞翁，后有翁子，得失循环，固无一定，所以文章的结局，总是以"曲终人不见。"为高一着。

病闲日记

1926年12月在广州

一日，阴晴，星期三（旧历十月二十七日）。

今朝是失业后的第一日。早晨起来，就觉得是一个失业者了，心里的郁闷，比平时更甚，天上有半天云障，半天蓝底。太阳也时出时无，冷气逼人。

一早就有一位不相识的青年来，定要我去和他照相，不得已勉强和他照了一个。顺便就走到创造社出版部广州分部去坐谈，木天和麦小姐，接着来了，杂谈了些闲天，和他们去别有村吃中饭。喝了三大杯酒，竟醉倒了，身体近来弱，是一件大可悲的事情。

回到分部，仿吾也自黄埔返省，谈了些整理上海出版部的事情，一直到夜间十时，总算把大体决定了。

今天曾至学校一次，问欠薪事，因委员等不在，没有结果。

接了荃君的来信，伤感之至，大约三数日后，要上船去上海，打算在上海住一月，即返北京去接家眷南来。

此番计自阳历十月二十日到广州以来，迄今已有四十余天了，这中间一事也不做，文章也一篇都写不成功，明天起，当更努力。

二日，阴，星期四（十月二十八日）。

天气不好，人亦似受了这支配，不能振作有为，今天又萎靡得不了，午前因为有同乡数人要来，所以在家里等他们，想看书，也看不进去，只写了一封给荃君的信。

十时左右，来了一位同乡的华君，和他出去走了一阵，便去访夷乘，在夷乘那里，却遇见了伍某，他请我去吃饭，一直到了午后的三时，才从西园酒家出来，这时候，天忽大晴且热。

和仿吾在创造社出版部分了手，晚上在家中坐着无聊，因与来访者郭君汝炳去看电影。是 Alexandre Dumas 的 The Three Musketeers，主角 D'Artangan 系由 Douglas Fairbanks 扮演，很有精彩。我看此影片，这是第二回了，第一回系在东京看的，已经成了四五年前的旧事。

郭君汝炳是我的学生，他这一回知道了我的辞职，并且将离去广州，很是伤感，所以特来和我玩两天的，我送了他一部顾梁汾的《弹指词》。

晚上回来，寂寥透顶，心里不知怎么的总觉得不快。

三日，晴，星期五（十月二十九日）。

午前九时，又有许多青年学生来访。郭君汝炳于十时前来，赠我《西泠词萃》四册和他自己的诗《晚霞》一册。

和他出去到照相馆照相。离情别绪，一时都集到了我的身上。因为照相者是一个上海人，他说上海话的时候，使我忆起了别离未久的上海，忆起了流落的时候每在那里死守着的上海，并且想起了此番的又不得不仍旧和往日一样，失了业，落了魄，萧萧归去的上海。

照相后，去西关午膳，膳后坐了小艇，上荔枝湾去。天晴云薄，江水不波，西北望白云山，只见一座紫金堆，横躺在阳光里，是江南晚秋的烟景，在这里却将交入残冬了。一路上听风看水，摇出白鹅潭，横斜叉到了荔枝湾里，到荔香园上岸，看了凋零的残景，衰败的亭台，颇动着张翰秋风之念。忽而在一条小路上，遇见了留学日本时候的一位旧同学，在学校里此番被辞退的温君。两三个都是不得意的闲人，从残枝掩覆着的小道走出荔香园来，对了西方的斜日，各作了些伤怀之感。

在西关十八甫的街上，和郭君别了，走上茶楼去和温君喝了半天茶。午后四五点钟，仍到学校里去了一趟，又找不到负责的委员们，薪金又不能领出，懊丧之至。

晚上又有许多年轻的学生及慕我者，设饯筵于市上，席间遇见了许多生人，一位是江苏的姓曾的女士，已经嫁了，她的男人也一道在吃饭；一位是石薇青的老弟，态度豪迈，不愧为他哥哥的弟弟。白薇女士也在座。我一人喝酒独多，醉了。十点多钟，和石君洪君白薇女士及陈震君又上电影馆去看《三剑客》，到十二点散戏出来，酒还未醒。路上起了危险的幻想，因为时候太迟了，所以送白薇到门口的一段路上，紧张到了万分，是决定一出大悲喜剧的楔子，总算还好，送她到家，只在门口迟疑了一会，终于扬声别去。

这时候天又开始在微雨，回学校终究是不成了，不得已就坐了洋车上陈塘的妓窟里去。午前一点多钟到了陈塘，穿来穿去走了许多狭斜的巷陌，下等的妓馆，都已闭门睡了。各处酒楼上，弦歌和打麻雀声争喧，真是好个销金的不夜之城。我隔雨望红楼，话既不通，钱又没有，只得在热闹的这一角腐颓空气里，闲跑瞎走，走了半个多钟头，觉得像这样的雨中漂泊，终究捱不到天明，所以就摸出了一条小巷，坐洋车奔上东堤的船上去。

夜已经深了，路上只有些未曾卖去的私娼和白天不露面的同胞在走着。到了东堤岸上，向一家小艇借了宿，和两个年轻的蛋妇，隔着一重门同睡。她们要我叫一个老举来伴宿，我这时候精神已经被耗蚀尽了，只是摇头不应。

在江上的第一次寄生，心里终究是怕的，一边念着周美成的"少年游"：

> 并刀如水，吴盐胜雪，纤指破新橙。锦幄初温，兽香不断，相对坐调笙。低声问，"向谁行宿？"城上已三更。马滑霜浓，不如休去，直是少人行。

一边只在对了横陈着的两蛋妇发抖，一点一滴的数着钟声，吸了几支烟卷，打死了几个蚊子，在黑黝黝的洋灯底下，在朱红漆的画艇中间，在微雨的江上，在车声脚步声都已死寂了的岸头，我只好长吁短叹，叹我半生恋爱的不成，叹我年来事业的空虚，叹我父母生我的时辰不佳，叹着，怨着，偷眼把疍妇的睡态看着，不知不觉，也于午前五点多钟的时候入睡了。

四日，星期六（十月三十日），阴云密布，却没有下雨。

七点钟的时候醒来，爬出了乌冷的船篷，爬上了冷静的堤岸，同罪人似的逃回学校的宿舍，在那里又只有一日的"无聊"很正确的，很悠徐的，狞笑着等我。啊啊，这无意义的残生，的确是压榨得我太重了。

回家来想睡又睡不着，闲坐无聊，却想起了仿吾等今日约我照相的事情。去昌兴街分部坐了许多时，人总不能到齐，吃了午饭，才去照相馆照相。这几日照相太多，自家也觉得可笑，若从此就死，岂不是又要多留几点形迹在人间，这真与我之素愿，相违太甚了。

午后四点多钟，和仿吾去学校。好容易领到了十一月份的薪水。赶往沙面银行，想汇一点钱至北京，时候已太迟了。

晚上又在陈塘饮酒，十点钟才回来，洗澡入睡，精神消失尽了。

五日，日曜（十一月初一日），晴。

早晨起来，觉得天气好得很，想上白云山去逛，无奈找不到同伴，只剩了一个人跑上同乡的徐某那里，等了一个多钟头，富阳人的羁留在广东者都来了，又和他们拍了一张照片。

午后和同乡者数人去大新天台听京戏。日暮归来，和仿吾等在玉醪春吃晚饭，夜早眠。

六日，星期一（十一月初二日），晴。

早晨跑上邮局去汇了一百四十圆大洋至北京。在清一色吃午饭，回家来想睡，又有人来访了，便和他们上明珠影画院去看电影。晚上在又一春吃晚饭，饭后和阿梁上观音山去散步，四散的人家，一层烟雾，又有几点灯光，点缀在中间。风景实在可爱，晚风凉得很，八点前后，就回来睡了。

七日，星期二（十一月初三日），阴，多风。

午前在家闷坐，无聊之极，写了一首"风流子"，今晚上仿吾他们要为我祝三十岁的生辰，我想拿出来作一个提议：

小丑又登场。

大家起，为我举离觞。

想此夕清樽，千金难买，

他年回忆，未免神伤。

最好是，题诗各一首，写字两三行。

踏雪鸿踪，印成指爪，

落花水面，留住文章。

明朝三十一，

数从前事业，羞煞潘郎。

只几篇小说，两鬓青霜。

谅今后生涯，也长碌碌，

老奴故态，不改伴狂。

君等若来劝酒，醉死无妨。

午后三时后，到会场去。男女的集拢来为我做三十生辰的，共有二十多人，总算是一时的盛会，酒又喝醉了。晚上在粤东酒楼宿，一晚睡不着，想身世的悲凉，一个人泣到天明。

八日，星期三（十一月初四日），晴。

天气真好极了，但觉得奇冷。昨晚来北风大紧，有点冬意了。早晨，阿梁跑来看我，和他去小北门外，在宝汉茶寮吃饭。饭后并在附近的田野里游行，总算是快快活活的过了一天，真是近年来所罕有的很闲适地过去的一天。

午后三四点钟，去访薛姑娘。约她出来饮茶，不应，复转到创造社的分部坐了一会。在街上想买装书的行李，因价贵没有买成。

晚上和白薇女士等吃饭，九点前返校。早睡。

接到了天津玄背社的一封信。说我写给他们的信，已经登载在《玄背》上，来求我的应许的。

九日，星期四（十一月初五日），晴。

早晨阿梁又来帮我去买装书的行李，在街上看了一阵，终于买就了三只竹箱，和阿梁及张曼华在一家小饭馆吃饭。饭后至中山大学被朋友们留住了，要我去打牌。自午后一点多钟打起，直打到翌日早晨止，输钱不少，在擎天酒楼。

十日，星期五（十一月初六日），先细雨后晴。

昨晚一宵不睡，身体坏极了，早晨八点钟回家，睡也睡不着。阿梁和同乡华其昌来替我收书，收好了三竹箱。和他们又去那家小饭馆去吃了中饭，便回来睡觉，一直睡到午后四时。刚从梦里醒来，独清和灵均来访我，就和他们出去，上一家小酒馆饮酒去。八点前后从酒馆出来，上国民戏院，去看 Thackeray 的 *Vanity Fair* 电影。究竟是十八世纪前后的事迹，看了不能使我们十分感动。晚上十点钟睡觉，白薇送我照相一张，很灵敏可爱。

十一日，星期六（十一月初七日），晴，然而不清爽。

同乡的周君客死在旅馆里。早晨起来，就有两位同乡来告我此事，很想去吊奠一番，他们劝我不必去，因为周君的病是和我的病一样的缘故。

和他们出去访同乡叶君，不遇，就和他们去北门外宝汉茶寮吃饭。饭后又去买了一只竹箱，把书籍全部收起了。

仿吾于晚上来此地，和他及木天诸人在陆园饮茶。接了一封北京的信，心里很是不快活，我们都被周某一人卖了。

武昌张资平也有信来，说某在欺骗郭沫若和他，弄得创造社的根基不固，而他一人却很舒服的远扬了。唉，人心不古，中国的青年，良心丧尽了。

十二日，星期日（十一月初八日），夜来雨，今晨阴闷。

晨八时起床，候船不开，郭君汝炳以前礼拜所映的相片来赠。与阿梁去西关，购燕窝等物，打算寄回给母亲服用的。

在清一色午膳，膳后返家，遇白薇女士于创造社楼上。伊明日起身，将行返湖南，托我转交伊在杭州之妹的礼物两件。

晚上日本联合通信社记者川上政义君宴我于妙奇奇酒楼，散后又去游河，我先返，与白薇淡了半宵，很想和她清谈一晚，因为身体支持不住，终于在午前二点钟的时候别去。

返寓已将三点钟了。唉,异地的寒宵,流人的身世,我俩都是人中的渣滓。

十三日,星期一(十一月初九日),阴闷。

奇热,早晨访川上于沙面,赠我书籍数册。和他去荔枝湾游。回来在太平馆吃烧鸽子。

他要和我照相,并云将送之日本,就和他在一家照相馆内照相。晚上仿吾伯奇饯行,在聚丰园闹了一晚。

白薇去了,想起来和她这几日的同游,也有点伤感。可怜她也已经白过了青春,此后正不晓得她将如何结局。

十四日,星期二(十一月初十日),雨,闷,热。

午前赴公票局问船,要明日才得上去。这一次因为自家想偷懒,所以又上了人家的当,以后当一意孤行,独行我素。

与同乡华君在清一色吃饭,约他于明天早晨来为我搬行李。午后在创造社分部,为船票事闹了半天,终无结果。决定明日上船,不管它开不开,总须于明早上船去。

昨日接浩兄信,今日接曼兄信,他们俩都不能了解我,都望我做官发财,真真是使我难为好人。

晚上请独清及另外的两位少年吃夜饭,醉到八分。此番上上海后,当戒去烟酒,努力奋斗一番,事之成败,当看我今后立志之坚不坚。我不屑与俗人争,我尤不屑与今之所谓政治家争,百年之后,容有知我者,今后当努力创作耳。

自明日上船后,当不暇书日记,《病闲日记》之在广州作者,尽于今宵。行矣广州,不再来了。这一种龌龊腐败的地方,不再来了。我若有成功的一日,我当肃清广州,肃清中国。

怀念友人

生死,肉体,灵魂,眼泪,悲叹,
这些问题与感觉,在此地似乎太渺小了,
在鲁迅的死的彼岸,还照耀着一道更伟大,更猛烈的寂光。

怀鲁迅

真是晴天的霹雳，在南台的宴会席上，忽而听到了鲁迅的死！

发出了几通电报，荟萃了一夜行李，第二天我就匆匆跳上了开往上海的轮船。

二十二日上午十时船靠了岸，到家洗一个澡，吞了两口饭，跑到胶州路万国殡仪馆去，遇见的只是真诚的脸，热烈的脸，悲愤的脸，和千千万万将要破裂似的青年男女的心肺与紧捏的拳头。

这不是寻常的丧葬，这也不是沉郁的悲哀，这正像是大地震要来，或黎明将到时充塞在天地之间的一瞬间的寂静。

生死，肉体，灵魂，眼泪，悲叹，这些问题与感觉，在此地似乎太渺小了，在鲁迅的死的彼岸，还照耀着一道更伟大，更猛烈的寂光。

没有伟大的人物出现的民族，是世界上最可怜的生物之群；有了伟大的人物，而不知拥护，爱戴，崇仰的国家，是没有希望的奴隶之邦。因鲁迅的一死，使人们自觉出了民族的尚可以有为，也因鲁迅之一死，使人看出了中国还是奴隶性很浓厚的半绝望的国家。

鲁迅的灵柩，在夜阴里被埋入浅土中去了；西天角却出现了一片微红的新月。

志摩在回忆里

新诗传宇宙，竟尔乘风归去，同学同庚，老友如君先宿草。

华表托精灵，何当化鹤重来，一生一死，深闺有妇赋招魂。

这是我托杭州陈紫荷先生代作代写的一副挽志摩的挽联。陈先生当时问我和志摩的关系，我只说他是我自小的同学，又是同年，此外便是他这一回的很适合他身份的死。

做挽联我是不会做的，尤其是文言的对句。而陈先生也想了许多成句，如"高处不胜寒""犹是深闺梦里人"之类，但似乎都寻不出适当的上下对，所以只成了上举的一联。这挽联的好坏如何，我也不晓得，不过我觉得文句做得太好，对仗对得太工，是不大适合于哀挽的本意的。悲哀的最大表示，是自然的目瞪口呆，僵若木鸡的那一种样子，这我在小曼夫人当初次接到志摩的凶耗的时候曾经亲眼见到过。其次是抚棺的一哭，这我在万国殡仪馆中，当日来吊的许多志摩的亲友之间曾经看到过。至于哀挽诗词的工与不工，那却是次而又次的问题了。我不想说志摩是如何如何的伟大，我不想说他是如何如何的可爱，我也不想说我因他之死而感到怎么怎么的悲哀，我只想把在记忆里的志摩来重描一遍，因而再可以想见一次他那副凡见过他一面的人谁都不容易忘去的面貌与音容。

大约是在宣统二年（一九一〇）的春季，我离开故乡的小市，去转入当时的杭府中学读书——上一期似乎是在嘉兴府中读的，终因路远之故而转入了杭府——那时候府中的监督，记得是邵伯炯先生，寄宿舍是大方伯的图书馆对面。

当时的我，是初出茅庐的一个十四岁未满的乡下少年，突然间闯入了省府的中心，周围万事看起来都觉得新异怕人。所以在宿舍里，在课堂上，我只是诚惶诚恐，战战兢兢，同蜗牛似地蜷伏着，连头都不敢伸一伸出壳来。但是同我的这一种畏缩态度正相反的，在同一级同一宿舍里，却有两位奇人在跳跃活动。

一个是身体生得很小，而脸面却是很长，头也生得特别大的小孩子。我当时自己当然总也还是一个小孩子，然而看见了他，心里却老是在想："这顽皮小孩，样子真生得奇怪"，仿佛我自己已经是一个大孩似的。还有一个日夜和他在一块，最爱做种种淘气的把戏，为同学中间的爱戴集中点的，是一个身材长得相当的高大，面上也已经满示着成年的男子的表情，由我那时候的心里猜来，仿佛是年纪总该在三十岁以上的大人——其实呢，他也不过和我们上下年纪而已。

他们俩，无论在课堂上或在宿舍里，总在交头接耳的密谈着，高笑着，跳来跳去，和这个那个闹闹，结果却终于会出其不意地做出一件很轻快很可笑很奇特的事情来吸引大家的注意的。

而尤其使我惊异的，是那个头大尾巴小，戴着金边近视眼镜的顽皮小孩，平时那样的不用功，那样的爱看小说——他平时拿在手里的总是一卷有光纸上印着石印细字的小本子——而考起来或作起文来却总是分数得得最多的一个。

像这样的和他们同住了半年宿舍，除了有一次两次也上了他们一点小当之外，我和他们终究没有发生什么密切一点的关系；后来似乎我的宿舍也换了，除了在课堂上相聚在一块之外，见面的机会更加少了。年假之后第二年的春天，我不晓为了什么，突然离去了府中，改入了一个现在似乎也还没有关门的教会学校。从此之后，一别十余年，我和这两位奇人——一个小孩，一个大人——终于没有遇到的机会，虽则在异乡漂泊的途中，也时常想起当日的旧事，但是终因为周围环境的迁移激变，对这微风似的少年时候的回忆，也没有多大的留恋。

"民国"十三四年——一九二三、四年——之交，我混迹在北京的软红尘里；有一天风定日斜的午后，我忽而在石虎胡同的松坡图书馆里遇见了志摩。仔细一看，他的头，他的脸，还是同中学时候一样发育得分外的大，而那矮小的身材却不同了，非常之长大了，和他并立起来，简直要比我高一二寸的样子。

他的那种轻快磊落的态度，还是和孩时一样，不过因为历尽了欧美的游程之故，无形中已经锻炼成了一个长于社交的人了。笑起来的时候，可还是同十几年前的那个顽皮小孩一色无二。

从这年后，和他就时时往来，差不多每礼拜要见好几次面。他的善于座谈，敏于交际，长于吟诗的种种美德，自然而然地使他成了一个社交的中心。当时的文人学者、达官丽姝，以及中学时候的倒霉同学，不论长幼，不分贵贱，都在他的客座上可以看得到。不管你是如何心神不快的时候，只教经他用了他那种浊中带清的洪亮的声音，"喂，老 X，今天怎么样？什么什么怎么样了？"的一问，你就自然会把一切的心事丢开，被他的那种快乐的光耀同化了过去。

正在这前后，和他一次谈起了中学时候的事情，他却突然的呆了一呆，睁大了眼睛惊问我说："老李你还记得起记不起？他是死了哩！"

这所谓老李者，就是我在头上写过的那位顽皮大人，和他一道进中学的他的表哥哥。

其后他又去欧洲，去印度，交游之广，从中国的社交中心扩大而成为国际的。于是美丽宏博的诗句和清新绝俗的散文，也一年年的积多了起来。1927 年的革命之后，北京变了北平，当时的许多中间阶级者就四散成了秋后的落叶。有些飞上了天去，成了要人，再也没有见到的机会了；有些也竟安然地在牖下到了黄泉；更有些，不死不生，仍复在歧路上徘徊着，苦闷着，而终于寻不到出路。是在这一种状态之下，有一天在上海的街头，我又忽而遇见了志摩。

"喂，这几年来你躲在什么地方！"

兜头的一喝，听起来仍旧是他那一种洪亮快活的声气。在路上略谈了片刻，一同到了他的寓里坐了一会，他就拉我一道到了大赉公司的轮船码头。因为午前他刚接到了无线电报，诗人泰戈尔回印度的船系定在午后五时左右靠岸，他是要上船去看看这老诗人的病状的。

当船还没有靠岸，岸上的人和船上的人还不能够交谈的时候，他在码头上的寒风里立着——这时候似乎已经是秋季了——静静地呆呆地对我说：

"诗人老去,又遭了新时代的摈斥,他老人家的悲哀,正是孔子的悲哀。"

因为泰戈尔这一回是新从美国日本去讲演回来。在日本在美国都受了一部分新人的排斥,所以心里是不十分快活的;并且又因年老之故,在路上更染了一场重病。志摩对我说这几句话的时候,双眼呆看着远处,脸色变得青灰,声音也特别的低。我和志摩来往了这许多年,在他脸上看出悲哀的表情来的事情,这实在是最初也便是最后的一次。

从这一回之后,两人又同在北京的时候一样,时时来往了。可是一则因为我的疏懒无聊,二则因为他跑来跑去的教书忙,这一两年间,和他聚谈时候也并不多。今年的暑假后,他于去北平之先曾大宴了三日客。头一天喝酒的时候,我和董任坚先生都在那里。董先生也是当时杭府中学的旧同学之一,席间我们也曾谈到了当时的杭州。在他遇难之前,从北平飞回来的第二天晚上,我也偶然的,真真是偶然的,闯到了他的寓里。

那一天晚上,因为有许多朋友会聚在那里的缘故,谈谈说说,竟说到了十二点过。临走的时候,还约好了第二天晚上的后会才兹分散。但第二天我没有去,于是就永久失去了见他的机会了,因为他的灵柩到上海的时候是已经殓好了来的。

文人之中,有两种人最可以羡慕。一种是像高尔基一样,活到了六七十岁,而能写许多有声有色的回忆文的老寿星,其他的一种是如叶赛宁一样的光芒还没有吐尽的天才夭折者。前者可以写许多文学史上所不载的文坛起伏的经历,他个人就是一部纵的文学史。后者则可以要求每个同时代的文人都写一篇吊他哀他或评他骂他的文字,而成一部横的放大的文苑传。

现在志摩是死了,但是他的诗文是不死的,他的音容状貌可也是不死的,除非要等到认识他的人老老少少一个个都死完的时候为止。

[附记] 上面的一篇回忆写完之后,我想想,想想,又在陈先生代做的挽联里加入了一点事实,缀成了下面的四十二字:

三卷新诗,廿年旧友,与君同是天涯,只为佳人难再得。

一声河满,九点齐烟,化鹤重归华表,应愁高处不胜寒。

雕刻家刘开渠

我同刘开渠认识,是在十三四年前头,大约总当民国十一二年的中间,那时候,我初从日本回来,办杂志也办不好,军阀专政,社会黑暗到了百分之百,到处碰壁的结果,自然只好到北京去教书。

在我兼课的学校之中,有一个是京畿道的美术专门学校;这学校仿佛是刚在换校长闹风潮的大难之余,所以上课的时候,学生并不多,而教室里也穷得连煤炉子都生不起,同事中间,有一位法国画家,一位齐老先生,是很负盛名的;此外则已故的陈晓江氏,教美术史的邓叔存以及教日文的钱稻孙氏,和我比较得熟识,往来的也密一点。我们在平时往来的谈话中间,有一次忽而谈到了学生们的勤惰,而刘开渠的埋头苦干,边幅不修的种种情节,却是大家所公认的事实。我因为是风潮之后,新进去教书的人,所以当时还不能指出哪一个是刘开渠来。

过得不久,有一位云南的女学生以及一位四川的青年,同一位身体长得很高,满头长发,脸骨很曲折有点像北方人似的青年来访问我了,介绍之下,我才晓得这一位像北方人似的青年就是刘开渠。

他说话讷讷不大畅达,面上常漾着苦闷的表情,而从他的衣衫的褴褛,面色的青黄上看去,一眼就可以看出他的埋头苦干,边幅不修的精神来,初次见面的时候,我只记得他说的话一共还不上十句。

后来熟了,见面的机会自然也多了起来,我私自猜度猜度他的个性,估量估量他的体格,觉得像他那样的人,学洋画还不如去学雕刻;若教他提锥运凿,大刀阔斧的运用起他的全身体力和脑力来,成就一定还要比捏了彩笔,在画布上涂涂,来得更大。我的这一种茫然的预感,现在却终于成了事实了。

民国十二年以后，我去武昌，回上海，又下广东，与北京就断了缘分。七八年来，东奔西走，在政治局面混乱变更的当中，我一直没和他见面，并且也没有听到他的消息。前年五月，迁来杭州，将近年底的时候，福熙因为生了女儿，在湖滨的一家菜馆，大开汤饼之会；于这一个席上，我又突然遇见了他，才晓得他在西湖的艺专里教雕刻。

他的苦闷的表情，高大的身体，和讷讷不大会说话的特征，还是和十年前初见面时一样，但经了一番巴黎的洗练，衣服修饰，却完美成一个很有身份的绅士了；满头的长发上，不消说是加上了最摩登的保马特。自从这一次见面之后，我因为离群索居，枯守在杭州的缘故，空下来时常去找他；他也因为独身在工房里做工的孤独难耐，有时候也常常来看我。往来两年间的闲谈，使我晓得他跟法国的那位老人家让·朴舍 Jean Boucher 学习雕刻时的苦心孤诣，使我晓得了他对于中国一般艺术家政治家的堕落现状所坚持的特立独行。我们谈到了罗丹，谈到了塞尚，更谈到了左拉的那册以塞尚为主人公的小说 L'oeuvre（《杰作》），他自己虽则不说，但我们在深谈之下，自然也看出了他的同那篇小说里的主人公似的抱负。

他的雕刻，完全是他的整个人格的再现；力量是充足的，线条是遒劲的，表情是苦闷的；若硬要指出他的不足之处来，或者是欠缺一点生动罢？但是立体的雕刻和画面不同，德国守旧派的美术批评家所常说的"静中之动，动中之静（Bewegung in Ruhe, Ruhe in Bewegung）"等套话，在批评雕刻的时候，却不能够直抄的。

他的雕刻的遒劲，猛实，粗枝大叶的趣味，尤其在他的 Designs 里，可以看得出来；疏疏落落的几笔之中，真孕育着多少的力量，多少的生气！

新近，他为八十八师阵亡将士们造的纪念铜像铸成了，比起那些卖野人头的雕塑师的滑稽来，相差得实在太远，远得几乎不能以言语来形容。一个是有良心的艺术，一个是骗小孩子们的糖菩萨。这并非是我故意为他捧场的私心话，成绩都在那里，是大家日日看见的东西。铜像下的四块浮雕，又是何等富于实感的创作！

刘开渠的年纪还正轻着（今年只二十九岁），当然将来还有绝大的进步。他虽则在说："我在中国住，还不如在法国替让·朴舍做助手时的快活。"可是重重被压迫的中国民众对于表现苦闷的艺术品，对于富有生气和力量的艺术品，也未始不急急在要求。中国或许会亡，但中国的艺术，中国的民众，以及由这些民众之中喊出来的呼声民气，是永不会亡的，刘氏此后，应该常常想到这一点才对。

记耀春之殇

只教是一个动物，既然生了下来，不过迟早几年或几十年，死总免不了的。中国人的俗语，很彻底的在说，先注死后注生。英文中的一个不能免于死亡的形容词，大家在当作人字解，叫 Mortal。

这一种谛观，这一种死的哲学的解释，当然谁也明白，我也晓得；但是对于死之伤痛，尤其是对于一个与己身有关的肉亲的死之伤痛，可终也不能学作太上的忘情。从前的圣贤，为悼爱子之丧，尚且哭至失明，我生原不肖，我又哪得不哭？

幼子耀春，生下来刚只两整年；是我们逃出上海，迁住杭州之后的那一年旧历五月十八日生的。搬家的时候，霞就有点害怕，怕于忙乱之中，要先期早产。用了种种的苦心，费了种种的周折，总算把家搬定了，胎也安下了，我们在灯下闲谈，就说及这一个未来的生命的命名。长子飞，次子云，是从岳家军里抄来的名字；同时《三国志》里，也有飞、云的两位健将。那时候我们只希望有一位乖巧的女孩儿来娱老境，所以我首先就提议，生下来若是女孩，当叫她作银瓶，借以凑成大小眼将军一门忠孝节义的全套。而霞又说："若是男孩呢？可以叫他作亮；有了猛将，自然也少不得谋臣，历史上的智谋奇略之士，我只佩服那位鞠躬尽瘁，死而后已的诸葛武侯。"

他的生日，是一般民间所崇奉的元帅菩萨的生日，元帅菩萨的前身，当然是唐时的张睢阳巡。现在桐庐的桐君山上，还有一尊张睢阳的塑像在那里，百姓祀之唯谨，说这一位菩萨，有绝大的灵感。生下来之后，我也曾想到了那个巡字，但后来却终于被霞说服了，就叫他作亮；小名的耀春，系由阳春，殿春二位哥哥的名字而来的称谓；既名曰亮，自然有光，故而称耀，写作曜字，亦自可通。

他的先天是很足的；生下来时的肥硕，虽没有过过磅，可是据助产妇说来，在杭州城里，产儿的身体肥得这样的，却很少见。三朝之后，就为雇乳母的事情，闹成了满城的风雨。原因是为了他的食量之大，应雇而来的将近百数个的乳母，每人都不够他的一天之食。好容易上诸暨去找了一个人来，奶总算够吃；但吃满周岁，她的奶也终于干涸，结果就促生了他去年夏季的奶疳之病。

去年天热，我和霞和飞，都去青岛住了月余；后来由青岛而之北平，由北平而去北戴河，一住再住，有两个多月不在家里。后来航空信来了，电报来了，都说耀春的病重，催我们马上回家，我们在赶回来的路上，一夕数惊，每从睡梦里骇醒过来，以为这一个末子终于无更生之望了，但后经同学钱潮医生的几次诊治，他的疳病竟霍然若失，到了秋天，又回复了平时肥白的状态。

经过了这一次的大病，大家总以为他是该有命的，以后总是很好养了；殊不知今年春天，又出了慢性中耳炎的恶疾，这一回又因伤风而成肺炎，最后才变成了结核性脑膜炎的绝症。卧病不上半月，竟在五月二十日（阴历四月十八，去年有闰月，距他生日，刚满念四个月）的晚上去世了。

他的这一回的生病，异常的乖，不哭不闹，终日只是昏昏地睡着。经钱医生验了血液，抽了脊髓以后，决定了他的万无生望，我们才借了一辆车，送他回了富阳的原籍。

墓碑葬具以及坟地等预备好之后，将他移入到东门外的一家寺院中去的早晨，他的久已干枯的眼角上才开始滴了几滴眼泪。这是从他害病之日起，第一次见到的眼泪。他人虽则小，灵性想来是也有的。人之将死，总有一番痛苦与哀愁，可怜他说话都还不曾学会，而这死的痛苦，死的哀愁，却同大人一样地深深尝透了；"彼凡人之相亲，小离别而怀恋，况中殇之爱子，乃千秋而不见！"我的衷情，当然也比他自己临死时的伤痛不会得略有减处。

十年前龙儿死在北平，我没有见到他的尸身，也没有见到他的棺殓，百日之后，离开北平，还觉得泪流不止。现在他的坟土未干，我的陪病失眠的疲倦未复，每日闲坐在书斋看看中天的白日，惘惘然似乎只觉得缺少了一件东西；再切实一点的说来，似乎自己的一个头，一个中藏着脑髓，司思想运动的头颅不见了。

十年之中，两丧继体，床帏依旧，痛感人亡；一想到他的明眸丰颊，玉色和声，当然是不能学东门吴子之无忧。情之所钟，正在我辈，一到深宵人静，仰视列星，我只有一双终夜长开的眼睛而已；潘岳思子之诗，庾信伤心之赋，我做也做不出，就是做了也觉得是无益的。

感悟人生

绝大的一轮旭日从东面江上蒙蒙地升了起来，
江面上浮漾在那里的一江朝雾，减薄了几分浓味。
澄蓝的天上疏疏落落，有几处只淡洒着数方极薄的晴云，
有的白得像新摘的棉花．有的微红似美妇人脸上的醉酡的颜色。

暴力与倾向

《明史》里有一段记载说："燕王即位，铁铉被执，入见；背立庭中，正言不屈；割其耳鼻，终不回顾。成祖怒，齑其肉纳铉口，令啖，曰：'甘乎？'厉声曰：'忠臣之肉，有何不甘！'至死，骂不绝口。命盛油镬，投尸煮之，拨使北向，辗转向外。更令内侍以铁棒夹之北向，成祖笑曰：'尔今亦朝我耶？'语未毕，油沸，内侍手皆烂，咸弃棒走，骨仍向外。"这一段记载的真实性，虽然还有点疑问，因为去今好几世纪以前的事情，史官之笔，须打几个折扣来读，正未易言；但有两点，却可以用我们所耳闻目睹的事实来作参证，料想它的不虚。第一，是中国人用虐刑的天才，大约可以算得起世界第一了。就是英国的亨利八世，在历史上的以暴虐著名的，但说到了用刑的一点，却还赶不上中国现代的无论哪一处侦探队或捕房暗探室里的私刑。杠杆的道理，外国人发明了是用在机械上面的，而中国人会把它去用在老虎凳上；电气的发明，外国人是应用在日用的器具之上，以省物力便起居施疗治的，而中国人独能把它应用作拷问之助，从这些地方看来，则成祖的油锅，铁棒，"割肉令自啖之"等等花样，也许不是假话。第二，想用暴力来统一思想，甚至不惜用卑污恶劣的手段，来使一般人臣服归顺的笨想头，也是"自古已然，于今尤烈"的中国人的老脾气。

可是，私刑尽管由你去用，暴力也尽管由你去加，但铁铉的尸骨，却终于不能够使它北面而朝，也是人类的一种可喜的倾向。"匹夫不可夺志也"，是中国圣经贤传里曾经提出过的口号。"除死无他罪，讨饭不再穷"，是民间用以自硬的阿Q的强词。可惜成祖还见不及此，否则油锅、铁棒等麻烦，都可以省掉，而《明史》的史官，也可以略去那一笔记载了。

说木铎少年

直率痛快的骂人，原是要有特权的人才能骂的。从前有一种皇恩钦赐的木铎老人，穿起黄袍，拿着板子，日日在农村或市镇上闲行，只教遇见有不孝的乡党子弟，他就可以仗了皇帝的势力，任意打你骂你，或竟拖你上就近的衙门里去处你以死罪。现在朝代换了，一批新的皇恩钦赐的木铎少年，却应天运而生，揭笔杆而起，来演起这把戏来了。

木铎少年，自然要比木铎老人强得多。老人们穿的那件有皇恩钦赐四字写着的黄麻外套，少年们当然不屑穿了，说不定他们还会和叛逆子弟一样地穿上一套摩登的洋服。这么一来，第一他们就可以避去为主公做忠实走狗的嫌疑，而装作光明正大得同武都头一样的一条英雄好汉。他们可以在金銮殿上放屁，可以在众人头上撒尿。但乡党的叛徒子弟若见了他们而捏一捏鼻，则他们就会忘记了自身的恶臭，而大声的骂你是鬼鬼祟祟，十足下流，不敢掀开鼻子和他们较量。

他们还能站在第三者的地位，向主公讽示以如何来处置叛逆，说："某某，某某，不是那么被做了的吗？你为什么不步此后尘呢？"他们更会借了光明正大的招牌，公然的来通风报信，说："某某就是某某的化名，住在什么地方。"

记得《左传》里有一段叫作蹇叔哭师。秦穆公不听蹇叔之谏而出师，蹇叔因自己的儿子也在一道，所以哭而送之曰："晋人御师必于殽，殽有二陵焉，其南陵，夏后皋之墓也，其北陵，文王之所辟风雨也，必死是间，吾收尔骨焉。"当时讲这一段书的塾师对我们说："蹇叔这老头儿真厉害，他在哭声里，就告诉了他的儿子以地理和战略了，这文章真写得多么婉曲！"我觉得现代的那些木铎少年们，却都有蹇叔那么的本领。

郁达夫 散文

莴萝行

同居的人全出外去后的这沉寂的午后的空气中独坐着的我，表面上虽则同春天的海面似的平静，然而我胸中的寂寥，我脑里的愁思，什么人能够推想得出来？现在是三点三十分了。外面的马路上大约有和暖的阳光夹着了春风，在那里助长青年男女的游春的兴致；但我这房里的透明的空气，何以会这样的沉重呢？龙华附近的桃林草地上，大约有许多穿着时式花样的轻绸绣缎的恋爱者在那里对着苍空发愉悦的清歌；但我的这从玻璃窗里透过来的半角青天，何以总带着一副嘲弄我的形容呢？啊啊，在这样薄寒轻暖的时候，当这样有作有为的年纪，我的生命力，我的活动力，何以会同冰雪下的草芽一样，一些儿也生长不出来呢？啊啊，我的女人！我的不能爱而又不得不爱的女人！我终觉得对你不起！

计算起来你的列车大约已经好过松江驿了，但你一个人抱了小孩在车窗里呆看陌生行人的景状，我好像在你旁边看守着的样子。可怜你一个弱女子，从来没有单独出过门，你此刻呆坐在车里，大约在那里回忆我们两人同居的时候，我虐待你的一件件的事情了吧！啊啊，我的女人，我的不得不爱的女人，你不要在车中滴下眼泪来，我平时虽则常常虐待你，但我的心中却在哀怜你的，却在痛爱你的；不过我在社会上受来的种种苦楚，压迫，侮辱，若不向你发泄，教我更向谁去发泄呢！啊啊，我的最爱的女人，你若知道我这一层隐衷，你就该饶恕我了。

唉，今天是旧历的二月二十一日，今天正是清明节呀！大约各处的男女都出到郊外去踏青的，你在车窗里见了火车路线两旁郊野里在那里游行的夫妇，你能不怨我的么？你怨我也罢了，你倘能恨我怨我，怨得我望我速死，那就好了。但是办不到的，怎么也办不到的，你一边怨我，一边又必在原谅我的，啊啊，我一想到你这一种优美的心灵，教我如何能忍得过去呢！

细数从前,我同你结婚之后,共享的安乐日子,能有几日?我十七岁去国之后,一直的在无情的异国蛰住了八年。这八年中间就是暑假寒假也不回国来的原因,你知道么?我八年间不回国来的事实,就是我对旧式的,父母主张的婚约的反抗呀!这原不是你的错,也不是我的错,作孽者是你的父母和我的母亲。但我在这八年之中,不该默默的无所表示的。

后来看到了我们乡间的风习的牢不可破,离婚的事情的万不可能,又因你家父母的日日的催促,我的母亲的含泪的规劝,大前年的夏天,我才勉强应承了与你结婚?但当时我提出的种种苛刻的条件,想起来我在此刻还觉得心痛。我们也没有结婚的种种仪式,也没有证婚的媒人,也没有请亲朋来喝酒,也没有点一对蜡烛,放几声花炮。你在将夜的时候,坐了一乘小轿从去城六十里的你的家乡到了县城里的我的家里。我的母亲陪你吃了一碗晚饭,你就一个人摸上楼上我的房里去睡了。那时候听说你正患疟疾,我到夜半拿了一支蜡烛上床来睡的时候,只见你穿了一件白纺绸的单衫,在暗黑中朝里床睡在那里。你听见了我上床来的声音,却朝转来默默的对我看了一眼。啊!那时候的你的憔悴的形容,你的水汪汪的两眼,神经常在那里颤动的你的小小的嘴唇,我就是到死也忘不了的。我现在想起来还要滴眼泪哩!

在穷乡僻壤生长的你,自幼也不曾进过学校,也不曾呼吸过通都大邑的空气,提了一双纤细缠小了的足,抱了一箱家塾里念过的《列女传》《女四书》等旧籍,到了我的家里。既不知女人的娇媚是如何装作,又不知时样的衣裳是如何剪裁,你只奉了柔顺两字,作了你的行动的规范。

结婚之后,因为城中天气暑热的缘故,你就同我同上你家去住了几天,总算过了几天安乐的日子;但无端又遇了你侄儿的暴行,淘了许多说不出来的闲气,滴了许多拭不干净的眼泪,我与你在你侄儿闹事的第二天就匆匆的回到了城里的家中。过了两三天我又害起病来,你也疟疾复发了。我就决定挨着病离开了我那空气沉浊的故乡。将行的前夜,你也不说什么,我也没有什么话好对你说。我从朋友家里喝醉了酒回来,睡在床上,只见你呆呆的坐在灰黄的灯下。可怜你一直到第二天的早晨我将要上船的时候止,终没有横到我床边上来睡一忽儿,也没有讲一句话;第二天天刚亮的时候,母亲就来催我起身,说轮船已到鹿山脚下了。

从此一别,又同你远隔了两年。你常常写信来说家里的老祖母在那里想念我,暑假寒假若有空闲,叫我回家来探望探望祖母母亲,但我因为异乡的花草,和年轻的朋友挽留我的缘故,终究没有回来。

唉唉!那两年中间的我的生活!红灯绿酒的沉湎,荒妄的邪游,不义的淫乐。在中宵酒醒的时候,在秋风凉冷的月下,我也曾想念及你,我也曾痛哭过几次。但灵魂丧失了的那一群妩媚的游女,和她们的娇艳动人的假笑伴啼,终究把我的天良迷住了。

前年秋天我虽回国了一次,但因为朋友邀我上A地去了,我又没有回到故乡来看你。在A地住了三个月,回到上海来过了旧历的除夕,我又回东京去了。直到了去年的暑假前,我提出了卒业论文,将我的放浪生活作了个结束,方才拖了许多饥不能食寒不能衣的破书旧籍回到了中国。一踏了上海的岸,生计问题就逼紧到我的眼前来,缚在我周围的运命的铁锁圈,就一天一天的扎紧起来了。

留学的时候,多谢我们孱弱无能的政府,和没有进步的同胞,像我这样的一个生则于事无补,死亦于人无损的零余者,也考得了一个官费生的资格。虽则每月所得不能敷用,是租了屋没有食,买了食没有衣的状态,但究竟每月还有几十块钱的出息,调度得好也能勉强免于死亡。并且又可进了病院向家里勒索几个医药费,拿了书店的发票向哥哥乞取几块买书钱。所以在繁华的新兴国的首都里,我却过了几年放纵的生活。如今一定的年限已经到了,学校里因为要收受后进的学生,再也不能容我在那绿树阴森的图书馆里,作白昼的痴梦了。并且我们国家的金库,也受了几个磁石心肠的将军和大官的吮吸,把供养我们一班不会作乱的割势者的能力丧失了。所以我在去年的六月就失了我的维持生命的根据,那时候我的每月的进款已经没有了。以年纪讲起来,像我这样二十六七的青年,正好到社会去奋斗。况且又在外国国立大学里卒业了的我,谁更有这样厚的面皮,再去向家中年老的母亲,或狷洁自爱的哥哥,乞求养生的资料。我去年暑假里一到上海流寓了一个多月没有回家来的原因,你知道么?我现在索性对你讲明了吧,一则虽因为一天一天的挨过了几天,把回家的旅费用完了,其他我更有这一段不能回家的苦衷在的呀,你可能了解?

啊呵,去年六月在灯火繁华的上海市外,在车马喧嚷的黄浦江边,我一边念着 Housman 的 A Shropshire Lad 里的

> Come you home a hero
>
> Or come not home at all
>
> The lads you levave will mind You
>
> Till Ludlow tower shall fall

几句清诗,一边呆呆的看着江中黝黑混浊的流水,曾经发了几多的叹声,滴了几多的眼泪。你若知道我那时候的绝望的情怀,我想你去年的那几封微有怨意的信也不至于发给我了。——啊,我想起了,你是不懂英文的,这几句诗我顺便替你译出吧。

> "汝当衣锦归,
>
> 否则永莫回,
>
> 令汝别后之儿童,
>
> 望到拉德罗塔毁。"

平常责任心很重,并且在不必要的地方,反而非常隐忍持重的我,当留学的时候,也不曾著过一书,立过一说。天性胆怯,从小就害着自卑狂的我,在新闻杂志或稠人广众之中,从不敢自家吹一点小小的气焰。不在图书馆内,便在咖啡店里,山水怀中过活的我,当那些现代的青年当作科场看的群众运动起来的时候,绝不会去慷慨悲歌的演说一次,出点无意义的风头。赋性愚鲁,不善交游,不善

钻营的我，平心讲起来，在生活竞争激烈，到处有陷阱设伏的现在的中国社会里，当然是没有生存的资格的。去年六月间，寻了几处职业失败之后，我心里想我自家若想逃出这恶浊的空气，想解决这生计困难的问题，最好唯有一死。但我若要自杀，我必须先弄几个钱来，痛饮饱吃一场，大醉之后，用了我的无用的武器，至少也要击杀一两个世间的人类——若他是比我富裕的时候，我就算替社会除了一个恶。若他是和我一样或比我更苦的时候，我就算解决了他的困难，救了他的灵魂——然后从容就死。我因为有这一种想头，所以去年夏天在睡不着的晚上，拖了沉重的脚，上黄浦江边去了好几次，仍复没有自杀。到了现在我可以老实的对你说了，我在那时候，我并不曾想到我死后的你将如何的生活过去。我的八十五岁的祖母，和六十来岁的母亲，在我死后又当如何的种种问题，当然更不在我的脑里了，你读到这里，或者要骂我没有责任心，丢下了你，自家一个去走干净的路。但我想这责任不应该推给我负的，第一我们的国家社会，不能用我去作他们的工，使我有了气力不能卖钱来养活我自家和你，所以现代的社会，就应该负这责任。即使退一步讲，第二你的父母不能教育你，使你独立营生，便是你父母的坏处，所以你的父母也应该负这责任。第三我的母亲戚族，知道我没有养活你的能力，要苦苦的劝我结婚，他们也应该负这责任。这不过是现在我写到这里想出来的话，当时原是没有想到的。

上海的Ｔ书局和我有些关系，是你所知道的。你今天午后不是从这Ｔ书局编辑所出发的么？去年六月经理的Ｔ君看我可怜不过，却为我关说了几处，但那几处不是说我没有声望，就嫌我脾气太大，不善趋奉他们的旨意，不愿意用我。我当初把我身边的衣服金银器具一件一件的典当之后，在烈日蒸照，灰土很多的上海市街中，整日的空跑了半个多月，几个有职业的先辈，和在东京曾经受过我的照拂的朋友的地方，我都去访问了。他们有的时候，也约我上菜馆去吃一次饭；有的时候，知道我的意思便也陪我作了一副忧郁的形容，且为我筹了许多没有实效的计划。我于这样的晚上，不是往黄浦江边去徘徊。便是一个人跑上法国公园的草地上去呆坐。在那时候，我一个人看看天上悠久的星河，听听远远从那公园的跳舞室里飞过来的舞曲的琴音,老有放声痛哭的时候,幸亏在黄昏的时节,公园的四周没有人来往,所以我得尽情的哭泣;有时候哭得倦了,我也曾在那公园的草地上露宿过的。

阳历六月十八的晚上——是我忘不了的一晚——T君拿了一封A地的朋友寄来的信到我住的地方来。平常只有我去找他,没有他来找我的,T君一进我的门,我就知道一定有什么机会了。他在我用的一张破桌子前坐下之后,果然把信里的事情对我讲了。他说:

"A地仍复想请你去教书,你愿不愿意去?"

教书是有识无产阶级的最苦的职业,你和我已经住过半年,我的如何不愿意教书,教书的如何苦法,想是你所知道的,我在此处不必说了。况且A地的这学校里又有许多黑暗的地方,有几个想做校长的野心家,又是忌刻心很重的,像这样的地方的教席,我也不得不承认下去的当时的苦况,大约是你所竟想不到的,因为我那时候同在伦敦的屋顶下挨饿的Chatterton一样,一边虽在那里吃苦,一边我写回来的家信上还写得娓娓有致,说什么地方也在请我,什么地方也在聘我哩!

啊啊!同是血肉造成的我,我原是有虚荣心,有自尊心的呀!请你不要骂我作墦间乞食的齐人吧!唉,时运不济,你就是骂我,我也甘心受骂的。

我们结婚后,你给我的一个钻石戒指,我在东京的时候,替你押卖了,这是你当时已经知道的。我当T君将A地某校的聘书交给我的时候,身边值钱的衣服器具已经典当尽了。在东京学校的图书馆里,我记得读过一个德国薄命诗人Grabbe的传记。一贫如洗的他想上京去求职业去,同我一样贫穷的他的老母将一副祖传的银的食器交给了他,作他的求职的资斧。他到了孤冷的首都里,今日吃一个银匙,明日吃一把银刀,不上几日,就把他那副祖传的食器吃完了。我记得Heine还嘲笑过他的。去年六月的我的穷状,可是比Grabbe更甚了;最后的一点值钱的物事,就是我在东京买来,预备送你的一个天赏堂制的银的装照相的架子,我在穷急的时候,早曾打算把它去换几个钱用,但一次一次的难关都被我打破,我决心把这一点微物，总要安安全全的送到你的手里；殊不知到了最后，我接到了Ａ地某校的聘书之后，仍不得不把它去押在当铺里，换成了几个旅费，走回家来探望年老的祖母母亲，探望怯弱可怜同绵羊一样的你。

去年六月，我于一天晴朗的午后，从杭州坐了小汽船，在风景如画的钱塘江中跑回家来。过了灵桥里山等绿树连天的山峡，将近故乡县城的时候，我心里同时感着了一种可喜可怕的感觉。立在船舷上，呆呆的凝望着春江第一楼前后的山景，我口里虽在微吟"近乡情更怯，不敢问来人"的二句唐诗，我的心里却在这样的默祷：

……天帝有灵，当使埠头一个我的认识的人也不在！要不使他们知道才好，要不使他们知道我今天沦落了回来才好……

船一靠岸，我左右手里提了两只皮箧，在晴日的底下从乱杂的人丛中伏倒了头，同逃也似的走向家来。我一进门看见母亲还在偏间的膳室里喝酒。我想张起喉音来亲亲热热的叫一声母亲的，但一见了亲人，我就把回国以来受的社会的侮辱想了出来，所以我的咽喉便哽住了；我只能把两只皮箧向凳上一抛，马上就匆匆的跑上楼上的你的房里来，好把我的没有丈夫气，到了伤心的时候就要流泪的坏习惯藏藏躲躲，谁知一进你的房，你却流了一脸的汗和眼泪，坐在床前呜咽地暗在啜泣。我动也不动的呆看了一忽，方提起了干燥的喉音，幽幽的问你为什么要哭。你听了我这句问话反哭得更加厉害，暗泣中间却带起几声压不下去的唏嘘声来。我又问你究竟为什么，你只是摇头不说。本来是伤心的我，又被你这样的引诱了一番，我就不得不抱了你的头同你对哭起来。喝不上一碗热茶的工夫，楼下的母亲就大骂着说：

"……什么的公主娘娘，我说着这几句话，就要上楼去摆架子……轮船埠头谁对你讲了，在上海逛了一个多月，走将家来，一声也不叫，狠命的把皮箧在我面前一丢……这算是什么行为！……你便是封了王回来，也没有这样的行为的呀！……两夫妻暗地里通通信，商量商量……你们好来谋杀我的……"

我听见了母亲的骂声，反而止住不哭了。听到"封了王回来"的这一句话，我觉得全身的血流都倒注了上来。在炎热的那盛暑的时候,我却同在寒冬的夜半似的手脚都发了抖。啊啊,那时候若没有你把我止住,我怕已经冒了大不孝的罪名,要永久的和我那年老的母亲诀别了。若那时候我和我母亲吵闹一场,那今年的祖母的死,我也是送不着的,我为了这事,也不得不重重的感谢你的呀!

那一天我的忽而从上海的回来,原是你也不知道,母亲也不知道的。后来母亲的气平了下去,你我的悲感也过去了的时候,我才知道我没有到家之先,母亲因为我久住上海不回家来的原因,在那里发脾气骂你。啊啊,你为了我的缘故,害骂害说的事情大约总也不止这一次了。也难怪你当我告诉你说我将于几日内动身到A地去的时候,哀哀的哭得不住的。你那柔顺的性质,是你一生吃苦的根源。同我的对于社会的虐待,丝毫没有反抗能力的性质,却是一样。啊啊!反抗反抗,我对于社会何尝不晓得反抗,你对于加到你身上来的虐待也何尝不晓得反抗,但是怯弱的我们,没有能力的我们,教我们从何处反抗起呢?

到了痛定之后,我看看你的形容,比前年患疟疾的时候更消瘦了。到了晚上,我捏到你的下腿,竟没有那一段肥突的腿肚,从脚后跟起,到腿弯膝止,完全是一条直线。啊啊!我知道了,我知道白天我对你我要上A地去的时候你就流眼泪的原因了。

我已经决定带你同往A地,将催A地的学校里速汇二百元旅费来的快信寄出之后,你我还不敢将这计划告诉母亲,怕母亲不赞成我们。到了旅费汇到的那天晚上,你还是疑惑不决的说:

"万一外边去不能支持,仍要回家来的时候,如何是好呢!"

可怜你那被威权压服了的神经,竟好像是希腊的巫女,能预知今天的劫运似的。唉,我早知道有今天的一段悲剧,我当时就不该带你出来了。

我去年暑假郁郁的在家里和你住了几天,竟不料就会种下一个烦恼的种子的。等我们同到了A地将房屋什器安顿好的时候,你的身体已经不是平常的身体了。吃几口饭就要呕吐。每天只是懒懒的在床上躺着。头一个月我因为不知底细,曾经骂过你几次,到了三四个月上,你的身体一天一天的重起来,我的神经受了种种刺激，也一天一天的粗暴起来了。

第一因为学校里的课程干燥无味，我天天去上课就同上刑具被拷问一样，胸中只感着一种压迫。

第二因为我在杂志上发表了一篇旧作的文字，淘了许多无聊的闲气。更有些忌刻我的恶劣分子，就想以此来作我的葬歌，纷纷的攻击我起来。

第三我平时原是挥霍惯了的，一想到辞了教授的职后，就又不得不同六月间一样，尝那失业的苦味。况且现在又有了家室，又有了未来的儿女，万一再同那时候一样的失起业来，岂不要比曩时更苦。

我前面也已经提起过了：在社会上虽是一个懦弱的受难者的我，在家庭内却是一个凶恶的暴君。在社会上受的虐待，欺凌，侮辱，我都要一一回家来向你发泄的。可怜你自从去年十月以来，竟变了一只无罪的羔羊，日日在那里替社会赎罪，作了供我这无能的暴君的牺牲。我在外面受了气回来，不是说你做的菜不好吃，就骂你是害我吃苦的原因。我一想到了将来失业的时候的苦况，神经激动起来的时候每骂着说：

"你去死！你死了我方有出头的日子。我辛辛苦苦，是为什么人在这里做牛马的呀。要只有我一个人，我何处不可去，我何苦要在这死地方做苦工呢！只知道在家里坐食的你这行尸，你究竟是为了什么目的生存在这世上的呀？……"

你被我骂不过，就暗哭起来。我骂你一场之后，把胸中的悲愤发泄完了，大抵总立时痛责我自家，上前来爱抚你一番，并且每用了柔和的声气，细细的把我的发气的原因——社会对我的虐待——讲给你听。你听了反替我抱着不平，每又哀哀的为我痛哭，到后来，终究到了两人相持对泣而后已。像这样的情景，起初不过间几日一次的，到后来将放年假的时候，变了一日一次或一日数次了。

唉唉，这悲剧的出生，不知究竟是结婚的罪恶呢？还是社会的罪恶？若是为结婚错了的原因而起的，那这问题倒还容易解决；若因社会的组织不良，致使我不能得适当的职业，你不能过安乐的日子，因而生出这种家庭的悲剧的，那我们的社会就不得不根本的改革了。

在这样的忧患中间，我与你的悲哀的继承者，竟生了下来，没有足月的这小生命，看来也是一个神经质的薄命的相儿。你看他那哭时的额上的一条青筋，不是神经质的证据么？饥饿的时候，你喂乳若迟一点，他老要哭个不止，像这样的性格，便是将来吃苦的基础。唉唉，我既生到了世上，受这样的社会的煎熬，正在求生不可，求死不得的时候，又何苦多此一举，生这一块肉在人世呢？啊啊！矛盾，惭愧，我是解说不了的了。以后若有人动问，就请你答复吧！

悲剧的收场，是在一个月的前头。那时候你的神经已经昏乱了，大约已记不清楚，但我却牢牢记着的。那天晚上，正下弦的月亮刚从东边升起来的时候。

我自从辞去了教授职后，托哥哥在某银行里谋了一个位置。但不幸的时候，事运不巧，偏偏某银行为了政治上的问题，开不出来。我闲居A地，日日在家中喝酒，喝醉之后，便声声的骂你与刚出生的那小孩，说你与小孩是我的脚镣，我大约要为你们的缘故沉水而死的。我硬要你们回故乡去，你们却是不肯。那一晚我骂了一阵，已经是蒙眬的想睡了。在半醒半睡中间，我从帐子里看出来，好像见你在与小孩讲话。

"……你要乖些……要乖些……小宝睡了吧……不要讨爸爸的厌……不要讨……娘去之后……要……要……乖些……"

讲了一阵，我好像看见你坐在洋灯影里揩眼泪，这是你的常态，我看得不耐烦了，所以就翻了一转身，面朝着了里床。我在背后觉得你在灯下哭了一忽，又站起来把我的帐子掀开了对我看了一回。我那时候只觉得好睡，所以没有同你讲话。以后我就睡着了。

我们街前的车夫，在我们门外乱打的时候，我才从被里跳了起来。我跌来碰去的走出门来的时候，已经是昏乱得不堪了。我只见你的披散的头发，结成了一块，围在你的项上。正是下弦的月亮从东边升起来的时候，黄灰色的月光射在你的面上；你那本来是灰白的面色，反射出了一道冷光，你的眼睛好好的闭在那里，嘴唇还在微微的动着；你的湿透了的棉袄上，因为有几个扛你回来的车夫的黑影投射着，所以是一块黑一块青的。我把洋灯在地上一放，就抱着了你叫了几声，你的眼睛开了一开,马上就闭上了,眼角上却涌了两条眼泪出来。啊啊,我知道你那时候心里并不怨我的,我知道你并不怨我的,我看了你的眼泪,就能辨出你的心事来,但是我哪能不哭,我哪能不哭呢?我还怕什么?我还要维持什么体面?我就当了众人的面前哭出来了。那时候他们已经把你搬进了房。你床上睡着的小孩,听见了嘈杂的人声,也放大了喉咙啼泣了起来。大约是小孩的哭声传到了你的耳膜上了,你才张开眼来,含了许多眼泪对我看了一眼。我一边替你换湿衣裳,一边教你安睡,不要去管那小孩。恰好间壁雇在那里的乳母,也听见了这杂噪声起了床,跑了过来;我知道你眷念小孩,所以就教乳母替我把小孩抱了过去。奶妈抱了小孩走过床上你的身边的时候,你又对她看了一眼。同时我却听见长江里的轮船放了一声开船的汽笛声。

在病院里看护你的十五天工夫,是我的心地最纯洁的日子。利己心很重的我,从来没有感觉到这样纯洁的爱情过。可怜你身体热到四十一度的时候,还要忽而从睡梦中坐起来问我:

"龙儿,怎么样了?"

"你要上银行去了吗?"

我从A地动身的时候,本来打算同你同回家去住的,像这样的社会上,谅来总也没有我的位置了。即使寻着了职业,像我这样愚笨的人,也是没有希望的。我们家里,虽则不是豪富,然而也可算得中产,养养你,养养我,养养我们的龙儿的几颗米是有的。你今年二十七,我今年二十八了。即使你我各有五十岁好活,以后还有几年?我也不想富贵功名了。若为一点毫无价值的浮名,几个不义的金钱,要把良心拿出来去换,要牺牲了他人做我的踏脚板,那也何苦哩。这本来是我从A地同你和龙儿动身时候的决心。不是动身的前几晚,我同你拿出了许多建筑的图案来看了么?我们两人不是把我们回家之后,预备到北城近郊的地里,由我们自家的手去造的小茅屋的样子画得好好的么?我们将走的前几天不是到A地的可记念的地方,与你我有关的地方都去逛了么?我在长江轮船上的时候,这决心还是坚固得很的。

我这决心的动摇，在我到上海的第二天。那天白天我同你照了照相，吃了午膳，不是去访问了一位初从日本回来的朋友吗？我把我的计划告诉了他，他也不说可，不说否，但只指着他的几位小孩说：

"你看看我，看我是怎么也不愿意逃避的。我的系累，岂不是比你更多么？"

啊啊！好胜的心思，比人一倍强盛的我，到了这兵残垓下的时候，同落水鸡似的逃回乡里去——这一出失意的还乡记，就是比我更怯弱的青年，也不愿意上台去演的呀！我回来之后，晚上一晚不曾睡着。你知道我胸中的愁郁，所以只是默默的不响，因为在这时候，你若说一句话，总难免不被我痛骂。这是我的老脾气，虽从你进病院之后直到那天还没有发过，但你那事件发生以前却是常发的。

像这样的状态，继续了三天。到了昨天晚上，你大约是看得我难受了，所以当我兀兀的坐在床上的时候，你就对我说：

"你不要急得这样，你就一个人住在上海吧。你但须送我上火车，我与龙儿是可以回去的，你可以不必同我们去。我想明天马上就搭午后的车回浙江去。"

本来今天晚上还有一处请我们夫妇吃饭的地方，但你因为怕我昨晚答应你将你和小孩先送回家的事情要变卦，所以你今天就急急的要走。我一边只觉得对你不起，一边心里不知怎的又在恨你。所以我当你在那里捡东西的时候，眼睛里涌着两泓清泪，只是默默的讲不出话来。直到送你上车之后，在车座里坐了一忽，等车快开了，我才讲了一句：

"今天天气倒还好。"

你知道我的意思，所以把头朝向了那面的车窗，好像在那里探看天气的样子，许久不回过头来。唉唉，你那时若把你那水汪汪的眼睛朝我看一看，我也许会同你马上就痛哭起来的，也许仍复把你留在上海，不使你一个人回去的。也许我就硬的陪你回浙江去的，至少我也许要陪你到杭州。但你终不回转头来，我也不再说第二句话，就站起来走下车了。我在月台上立了一忽，故意不对你的玻璃窗看。等车开的时候，我赶上了几步，却对你看了一眼，我见你的眼下左颊上有一条痕迹在那里发光。我眼见得车去远了，月台上的人都跑了出去，我一个人落得最后，慢慢的走出车站来。我不晓得是什么原因，心里只觉得是以后不能与你再见的样子，我心酸极了。啊啊！我这不祥之语，是多讲的，我在外边只希望你和龙儿的身体壮健，你和母亲的感情融洽。我是无论如何，不至投水自沉的，请你安心。你到家之后千万要写信来给我哩！我不接到你平安到家的信，什么决心也不能下，我是在这里等你的信。

灯蛾埋葬之夜

神经衰弱症，大约是因无聊的闲日子过了太多而起的。

对于"生"的厌倦，确是促生这时髦病的一个病根；或者反过来说，如同发烧过后的人在嘴里所感味到的一种空淡，对人生的这一种空淡之感，就是神经衰弱的一种征候，也是一样。

总之，入夏以来，这症状似乎一天比一天加重，迁居之后，这病症当然也和我一道地搬了家。

虽然是说不上什么转地疗养，但新搬的这一间小屋，真也有一点田园的野趣。季节是交秋了，往后的这小屋的附近，这文明和蛮荒接界的区间，该是最有声色的时候了。声是秋声，色当然也是秋色。

先让我来说所以要搬到这里来的原委。

不晓在什么时候，被印上了"该隐的印号"之后，平时进出的社会里绝迹不敢去了。当然社会是有许多层的，但那"印号"的解释，似乎也有许多样。

最重要的解释，第一自然是叛逆，在做官是"一切"的国里，这"印号"的政治解释，本尽可以包括了其他种种，但是也不尽然，最喜欢含糊的人类，有必要的时候，也最喜欢分清。

于是第二个解释来了，似乎是关于"时代"的，曰"落伍"。天南北的两极，只教用得着，也不妨同时并用，这便是现代人的智慧。

来往于两极之间，新旧人同样的可以举用的，是第三个解释，就是所谓"悖德"。

但是向额上摩摸一下，这"该隐的印号"，原也摩摸不出来，更不必说这种种的解释。或者行窃的人自己在心虚，自以为是犯了大罪，因而起这一种叫做被迫的Complex，也说不定。天下太平，本来是无事的，神经衰弱病者可总免不了自扰。所以断绝交游，抛撇亲串，和地狱底里的精灵一样，不敢现身露迹，只在一阵阴风里独来独往的这种行径，依小德谟克利多斯Robert Burton的分析，或者也许是忧郁病的最正确的症候。

因为背上负着的是这么一个十字架，所以一年之内，只学着行云，只学着流水，搬来搬去的尽在搬动。暮春三月底，偶尔在火车窗里，看见了些浅水平桥，垂杨古树，和几群飞不尽的乌鸦，忽然想起的，是这一个也不是城市，也不是乡村的界线地方。租定这间小屋，将几本丛残的旧籍迁移过来的，怕是在五月的初头。而现在却早又是初秋了，时间的飞逝，实在是快得很，真快得很。

小屋的前后左右，除一条斜穿东西的大道之外，全是些斑驳的空地。一垄一垄的褐色土垄上，种着些秋茄豇豆之类，现在是一棵一棵的棉花也在半吐白蕊的时节了。而最好看的，要推向上包紧，颜色是白里带青，外面有一层毛茸似的白雾，菜茎柄上，也时时呈着紫色的一种外国人叫作Lettuce的大叶卷心菜；大约是因为地近上海的缘故罢，纯粹的中国田园也被外国人的嗜好所侵入了。这一种菜，我来的时候，原是很多的，现在却逐渐逐渐的少了下去。在这些空地中间，如突然想起似的，卑卑立着，散点在那里的，是一间两间的农夫的小屋，形状奇古的几株老柳榆槐，和看了令人不快的许多不落葬的棺材。此外同沟渠似的小河也有，以棺材旧板作成的桥梁也有；忽然一块小方地的中间，种着些颜色鲜艳的草花之类的卖花者的园地也有，简说一句，这里附近的地面，大约可以以江浙平地区中的田园百科大辞典来命名；而在这百科大辞典中，异乎寻常，以一张厚纸，来用淡墨铜版画印成的，要算在我们屋后矗立着的那块本来是由外国人经营的庞大的墓地。

这墓地的历史，我也不大明白，但以从门口起一直排着，直到中心的礼拜堂屋后为止的那两排齐云的洋梧桐树看来，少算算大约也总已有了六十几岁的年纪。

听土著的农人说来，这仿佛是上海开港以来，外国人最先经营的墓地，现在是已经无人来过问了，而在三四十年前头，却也是洋冬至外国清明及礼拜日的沪上洋人的散步之所哩。因为此地离上海，火车不过三四十分钟，来往是极便的。

小屋的租金，每月八元。以这地段说起来，似乎略嫌贵些，但因这样的闲房出租的并不多，而屋前屋后，隙地也有几弓，可以由租户去莳花种菜，所以比较起来，也觉得是在理的价格。尤其是包围在屋的四周的寂静，同在坟墓里似的寂静，是在洋场近处，无论出多少金钱也难买到的。

初搬过来的时候，只同久病初愈的患者一样，日日只伸展了四肢，躺在藤椅子上，书也懒得读，报也不愿看，除腹中饥饿的时候，稍微吸取一点简单的食物而外，破这平平的一日间的单调的，是向晚去田塍野路上行试的一回漫步。在这将落未落的残阳夕照之中，在那些青枝落叶的野菜畦边，一个人背手走着，枯寂的脑里，有时却会汹涌起许多前后不接的断想来，头上的天色老是青青的，身边的暮色也老是沉沉的。

但在这些前后没有脉络的断想的中间，有时候也忽然大小脑会完全停止工作。呆呆地立在野田里，向一根枯树似的呆呆直立在那里之后，会什么思想，什么感觉都忘掉，身子也不能动了，血液也仿佛凝住不流似的，全身就如成了"所多马"城里的盐柱；不消说脑子是完全变作了无波纹无血管的一张扁平的白纸。

漫步回来。有时候也进一点晚餐，有时候简直茶也不喝一口，就爬进床去躺着。室内的设备简陋到了万分，电灯电扇等文明的器具是没有的。月明之夜，睡到夜半醒来的时候，床前的小泥窗口，若晒进了月亮的青练的光儿，那这一夜的睡眠，就不能继续下去了。

不单是有月亮的晚上，就是平常的睡眠，也极容易惊醒。眼睛微微的开着，鼾声是没有的，虽则睡在那里，但感觉却又不完全失去，暗室里的一声一响，虫鼠等的脚步声，以及屋外树上的夜鸟鸣声，都一一会闯进到耳朵里来。若在日里陷入于这一种假睡的时候，则一边睡着，一边周围的行动事物，都会很明细的触进入意识的中间。若周围保住了绝对的安静，什么声响，什么行动都没有的时候，那在这假寐的一刻中，十几年间的事情，就会很明细的，很快的，在一瞬间展开来。至于乱梦，那是更多了，多得连叙也叙述不清。

我自己也知道是染了神经衰弱症了。这原是七八年来到了夏季必发的老病。

于是就更想静养，更想懒散过去。

今年的夏季，实在并没有什么太热的天气，尤其是在我这一个离群的野寓里。

有一天晚上，天气特别的闷，晚餐后上床去躺了一忽，终觉得睡不着，就又起来，打开了窗户，和她两人坐在天井里候凉。

两人本来是没有什么话好谈，所以只是昂着头在看天上的飞云，和云堆里时时露现出来的一颗两颗的星宿。

一边慢摇着蒲扇，一边这样的默坐在那里，不晓得坐了多久了，室里桌上的一支洋烛，忽而灭了它的芯光。

而人既不愿意动弹，也不愿意看见什么，所以灯光的有无，也毫没有关系，仍旧是默默的坐在黑暗里摇动扇子。

又坐了好久好久，天末似起了凉风，窗帘也动了，天上的云层，飞舞得特别的快。

打算去睡了，就问了一声：

"现在不晓得是什么时候了？"

她立了起来，慢慢走进了室内，走入里边房里去拿火柴去了。

停了一会儿，我在黑暗里看见了一丝火光和映在这火光周围的一团黑影，及黑影底下的半面她的苍白的脸。

第一支火柴灭了，第二支也灭了，直到了第三支才点旺了洋烛。

洋烛点旺之后，她急急的走了出来，手里却拿着了那个大表，轻轻地说：

"不晓是什么时候了，表上还只有六点多钟呢？"

接过表来，拿近耳边去一听，什么声响也没有。我连这表是在几日前头开过的记忆也想不起来了。

"表停了!"

轻轻地回答了一声,我也消失了睡意,想再在凉风里坐它一刻。但她却又继续着说:

"灯盘上有一只很美的灯蛾死在那里。"

跑进去一看,果然有一只身子淡红,翅翼绿色,比蝴蝶小一点,但全身却肥硕得很的灯蛾横躺在那里。右翅上有一处焦影,触须是烧断了。默看了一分钟,用手指轻轻拨了它几拨,我双目仍旧盯视住这扑灯蛾的美丽的尸身,嘴里却不能自禁地说:

"可怜得很!我们把它去向天井里埋葬了罢!"

点了灯笼,用银针向黑泥松处掘了一个圆穴,把这美丽的尸身埋葬完时,天风加紧了起来,似乎要下大雨的样子。

闩上门户,上床躺下之后,一阵风来,接着如乱石似的雨点,便打上了屋檐。

一面听着雨声,一面我自语似的对她说:

"霞!明天是该凉快了,我想到上海去看病去。"

青 烟

寂静的夏夜的空气里闲坐着的我,脑中不知有多少愁思,在这里汹涌。看看这同绿水似的由蓝纱罩里透出来的电灯光,听听窗外从静安寺路上传过来的同倦了似的汽车鸣声,我觉得自家又回到了青年忧郁病时代去的样子,我的比女人还不值钱的眼泪,又映在我的颊上了。

抬头起来,我便能见得那催人老去的日历,时间一天一天的过去了,但是我的事业,我的境遇,我的将来,啊啊,吃尽了千辛万苦,自家以为已有些物事被我把握住了,但是放开紧紧捏住的拳头来一看,我手里只有一溜青烟!

世俗所说的"成功",于我原似浮云。无聊的时候偶尔写下来的几篇概念式的小说，虽则受人攻击，我心里倒也没有什么难过，物质上的困迫，只教我自家能咬紧牙齿，忍耐一下，也没有些微关系，但是自从我生出之后，直到如今二十余年的中间，我自家播的种，栽的花，哪里有一枝是鲜艳的？哪里一枝曾经结过果来？啊啊，若说人的生活可以涂抹了改作的时候，我的第二次的生涯，绝不愿意把它弄得同过去的二十年间的生活一样的！我从小若学作木匠，到今日至少也已有一二间房屋造成了。无聊的时候，跑到这所我所手造的房屋边上去看看，我的寂寥，一定能够轻减。我从小若学作裁缝，不消说现在定能把轻罗绣缎剪开来缝成好好的衫子了。无聊的时候，把我自家剪裁，自家缝纫的纤丽的衫裙，打开来一看，我的郁闷，也定能消杀下去。但是无一艺之长的我，从前还自家骗自家，老把古今中外文人所作成的杰作拿出来自慰，现在梦醒之后，看了这些名家的作品，只是愧耐，所以目下连饮鸩也不能止我的渴了，叫我还有什么法子来填补这胸中的空虚呢？

有几个在有钱的人翼下寄生着的新闻记者说：

"你们的忧郁，全是做作，全是无病呻吟，是丑态！"

我只求能够真真的如他们所说，使我的忧郁是假作的，那么就是被他们骂得再厉害一点，或者竟把我所有的几本旧书和几块不知从何处来的每日买面包的钱，给了他们，也是愿意的。

有几个为前面那样的新闻记者作奴仆的人说：

"你们在发牢骚，你们因为没有人来使用你们，在发牢骚！"

我只求我所发的是牢骚，那么我就是连现在正打算点火吸的这支 Felucca，给了他们都可以，因为发牢骚的人，总有一点自负，但是现在觉得自家的精神肉体，萎靡得同风的影子一样的我，还有一点什么可以自负的呢？

有几个比较了解我性格的朋友说：

"你们所感得的是 Toska，是现在中国人人都感得的。"

但是我若有这样的 Myriad mind，我早成了 Shakespeare 了。

我的弟兄说：

"唉，可怜的你，正生在这个时候，正生在中国闹得这样的时候，难怪你每天只是郁郁的；跑上北又弄不好，跑上南又弄不好，你的忧郁是应该的，你早生十年也好，迟生十年也好……"

我无论在什么时候——就假使我正抱了一个肥白的裸体妇女，在酣饮的时候吧——听到这一句话，就会痛哭起来，但是你若再问一声："你的忧郁的根源是在此了么？"我定要张大了泪眼，对你摇几摇头说："不是，不是。"

窗外汽车声音渐渐的稀少下去了，苍茫六合的中间我只听见我的笔尖在纸上划字的声音。探头到窗外去一看，我只看见一弯黝黑的夏夜天空，淡映着几颗残星。我搁下了笔，在我这同火柴箱一样的房间里走了几步，只觉得一味凄凉寂寞的感觉，浸透了我的全身，我也不知道这忧郁究竟是从什么地方来的。

虽是刚过了端午节，但像这样暑热的深夜里，睡也睡不着的。我还是把电灯灭黑了，看窗外的景色吧！

窗外的空间只有错杂的屋脊和尖顶，受了几处瓦斯灯的远光，绝似电影的楼台，把它们的轮廓尽在微茫的夜气里。四处都寂静了，我却听见微风吹动窗叶的声音，好像是大自然在那里幽幽叹气的样子。

远处又有汽车的喇叭声响了，这大约是西洋资本家的男女，从淫乐的裸体跳舞场回家去的凯歌罢。啊啊，年纪要轻，颜容要美，更要有钱。

我从窗口回到了座位里，把电灯拈开对镜子看了几分钟，觉得这清瘦的容貌，终究不是食肉之相。在这样无可奈何的时候，还是吸吸烟，倒可以把自家的思想统一起来，我擦了一支火柴，把一支 Felucca 点上了。深深地吸了一口，我仍复把这口烟完全吐上了电灯的绿纱罩子。绿纱罩的周围，同夏天的深山雨后似的，起了一层淡紫的云雾。呆呆的对这层云雾凝视着，我的身子好像是缩小了投乘在这淡紫的云雾中间。这层轻淡的云雾，一飘一扬的荡了开去，我的身体便化而为二，一个缩小的身子在这层雾里飘荡，一个原身仍坐在电灯的绿光下远远的守望着那青烟里的我：

A phantom.

已经是薄暮的时候了。

天空的周围，承受着落日的余晖，四边有一圈银红的彩带，向天心一步步变成了明蓝的颜色，八分满的明月，悠悠淡淡地挂在东半边的空中。几刻钟过去了，本来是淡白的月亮放起光来。月光下流着一条曲折的大江，江的两岸有郁茂的树林，空旷的沙渚。夹在树林沙渚中间，各自离开一里二里，更有几处疏疏密密的村落。村落的外边环抱着一群层叠的青山。当江流曲处，山岗亦折作弓形，白水的弓弦和青山的弓背中间，聚居了几百家人家，便是 F 县县治所在之地。与透明的清水相似的月光，平均的洒遍了这县城，江流，青山，树林，和离县城一二里路的村落。黄昏的影子，各处都可以看得出来了。平时非常寂静的这 F 县城里，今晚上却带着些跃动的生气，家家的灯火点得比平时格外的辉煌，街上来往的行人也比平时格外的嘈杂，今晚的月亮，几乎要被小巧的人工比得羞涩起来了。这一天是旧历的五月初十，正是 F 县城里每年演戏行元帅会的日子。

一个年纪大约四十左右的清瘦的男子，当这黄昏时候，拖了一双走倦了的足慢慢的进了 F 县城的东门，踏着自家的影子，一步一步的夹在长街上行人中间向西的走来，他的青黄的脸上露着一副惶恐的形容，额上眼下已经有几条皱纹了。嘴边上乱生在那里的一丛芜杂的短胡，和身上穿着的一件龌龊的半旧竹布大衫，证明他是一个落魄的人。他的背脊屈向前面，一双同死鱼似的眼睛，尽在向前面和左旁右旁偷看，好像是怕人认识他的样子，也好像是在那里寻知己的人的样子。他今天早晨从 H 省城动身，一直走了九十里路，这时候才走到他廿年不见的故乡 F 城里。

他慢慢的走到了南城街的中心，停住了足向左右看了一看，就从一条被月光照得灰白的巷里走了进去。街上虽则热闹，但这条狭巷里仍是冷冷清清。向南的转了一个弯，走到一家大墙门的前头，他迟疑了一会，便走过去了。走过了两三步，他又回了转来。向门里偷眼一看，他看见正厅中间桌上有一盏洋灯点在那里。明亮的洋灯光射到上首壁上，照出一张钟馗图和几副蜡笺的字对来。此外厅上空空寂寂，没有人影。他在门口走来走去的走了几遍，眼睛里放出了两道晶润的黑光,好像是要哭哭不出来的样子。最后他走转来过这墙门口的时候,里面却走出了一个与他年纪相仿的女人来。因为她走在他与洋灯的中间,所以他只看见她的蓬蓬的头发,映在洋灯的光线里。他急忙走过了三五步,就站住了。那女人走出了墙门,走上和他相反的方向去。他仍复走转来,追到了那女人的背后。那女人听见了他的脚步声忽儿把头朝了转来。他在灰白的月光里对她一看就好像触了电似的呆住了。那女人朝转来对他微微看了一眼,仍复向前的走去。他就赶上一步,轻轻的问那女人说:

"嫂嫂这一家是姓于的人家吗?"

那女人听了这句问语,就停住了脚,回答他说:

"嗳!从前是姓于的,现在卖给了陆家了。"

在月光下他虽辨不清她穿的衣服如何,但她脸上的表情是很憔悴,她的话声是很凄楚的,他的问语又轻了一段,带起颤声来了。

"那么于家搬上哪里去了呢?"

"大爷在北京,二爷在天津。"

"他们的老太太呢?"

"婆婆去年故了。"

"你是于家的嫂嫂吗?"

"嗳!我是三房里的。"

"那么于家就是你一个人住在这里吗?"

"我的男人,出去了二十多年,不知道在什么地方,所以我也不能上北京去,也不能上天津去,现在在这里帮陆家烧饭。"

"噢噢!"

"你问于家干什么?"

"噢噢!谢谢……"

他最后的一句话讲得很幽,并且还没有讲完,就往后的跑了。那女人在月光里呆看了一会他的背影,眼见得他的影子一步一步的小了下去,同时又远远的听见了一声他的暗泣的声音,她的脸上也滚了两行眼泪出来。

月亮将要下山去了。

江边上除了几声懒懒的犬吠声外,没有半点生物的动静,隔江岸上,有几家人家,和几处树林,静静的躺在同霜华似的月光里。树林外更有一抹青山,如梦如烟的浮在那里。此时F城的南门江边上,人家已经睡尽了。江边一带的房屋,都披了残月,倒影在流动的江波里,虽是首夏的晚上,但到了这深夜,江上也有些微寒意。

停了一会有一群从戏场里回来的人,破了静寂,走过这南门的江上。一个人朝着江面说:

"好冷呀,我的毛发都竦竖起来了,不要有溺死鬼在这里讨替身哩!"

第二个人说:

"溺死鬼不要来寻着我,我家里还有老婆儿子要养的哩!"

第三第四个人都哈哈的笑了起来,这一群人过去了之后,江边上仍复归还到一刻前的寂静状态去了。

月亮已经下山了,江边上的夜气,忽而变成了灰色。天上的星宿,一颗颗放起光来,反映在江心里,这时候南门的江边上又闪出了一个瘦长的人影,慢慢的在离水不过一二尺的水际徘徊。因为这人影的行动很慢,所以它的出现,并不能破坏江边上的静寂的空气。但是几分钟后这人影忽而投入了江心,江波激动了,江边上的沉寂也被破了。江上的星光摇动了一下,好像似天空掉下来的样子。江波一圈一圈的阔大开来,映在江波里的星光也随而一摇一摇的动了几动。人身入水的声音和江上静夜里生出来的反响与江波的圆圈消灭的时候,灰色的江上仍复有死灭的寂静支配着,去天明的时候,正还远哩!

Epilogue.

我呆呆的对着了电灯的绿光,一支一支把我今晚刚买的这一包烟卷差不多吸完了。远远的鸡鸣声和不知从何处来的汽笛声,断断续续的传到我的耳膜上来,我的脑筋就联想到天明上去。

可不是么？你看！那窗上的屋瓦，不是一行一行的看得清楚了么？

啊啊，这明蓝的天色！

是黎明期了！

啊呀，但是我又在窗下听见了许多洗便桶的声音。这是一种象征，这是一种象征。我们中国的所谓黎明者，便是秽浊的手势戏的开场呀！

半日的游程

去年有一天秋晴的午后，我因为天气实在好不过，所以就搁下了当时正在赶着写的一篇短篇的笔，从湖上坐汽车驰上了江干。在儿时习熟的海月桥、花牌楼等处闲走了一阵，看看青天，看看江岸，觉得一个人有点寂寞起来了，索性就朝西的直上，一口气便走到了二十几年前曾在那里度过半年学生生活的之江大学的山中。二十年的时间的印迹，居然处处都显示了面形：从前的一片荒山，几条泥路，与夫乱石幽溪，草房藩溷，现在都看不见了。尤其要使人感觉到我老何堪的，是在山道两旁的那一排青青的不凋冬树；当时只同豆苗似的几根小小的树秧，现在竟长成了可以遮蔽风雨，可以掩障烈日的长林。不消说，山腰的平处，这里那里，一所所的轻巧而经济的住宅，也添造了许多；像在画里似的附近山川的大致，虽仍依旧，但校址的周围，变化却竟簇生了不少。第一，从前在大礼堂前的那一丝空地，本来是下临绝谷的半边山道，现在却已将面前的深谷填平，变成了一大球场。大礼堂西北的略高之处，本来足有几枝被朔风摧折得弯腰屈背的老树孤立在那里的，现在却建筑起了三层的图书文库了。二十年的岁月！三千六百日的两倍的七千二百的日子！以这一短短的时节，来比起天地的悠长来，原不过是像白驹的过隙，但是时间的威力，究竟是绝对的暴君，曾日月之几何，我这一个本在这些荒山野径里驰骋过的毛头小子，现在也竟垂垂老了。

一路上走着看着，又微微地叹着，自山的脚下，走上中腰，我竟费去了三十来分钟的时刻。半山里是一排教员的住宅，我的此来，原因为在湖上在江干孤独得怕了，想来找一位既是同乡，又是同学，而自美国回来之后就在这母校里服务的胡君，和他来谈谈过去，赏赏清秋，并且也可以由他这里来探到一点故乡的消息的。

两个人本来是上下年纪的小学校的同学，虽然在这二十几年中见面的机会不多，但或当暑假，或在异乡，偶尔遇着的时候，却也有一段不能自已的柔情，油然会生起在各个的胸中。我的这一回的突然的袭击，原也不过是想使他惊骇一下，用以加增加增亲热的效力的企图；升堂一见，他果然是被我骇倒了。

"哦！真难得！你是几时上杭州来的？"他惊笑着问我。

"来了已经多日了，我因为想静静儿的写一点东西，所以朋友们都还没有去看过。今天实在天气太好了，在家里坐不住，因而一口气就跑到了这里。"

"好极！好极！我也正在打算出去走走，就同你一道上溪口去吃茶去罢，沿钱塘江到溪口去的一路的风景，实在是不错！"

沿溪入谷，在风和日暖，山近天高的田塍道上，二人慢慢地走着，谈着，走到九溪十八涧的口上的时候，太阳已经斜到了去山不过丈来高的地位了。在溪房的石条上坐落，等茶庄里的老翁去起茶煮水的中间，向青翠还像初春似的四山一看，我的心坎里不知怎么，竟充满了一股说不出的飒爽的清气。两人在路上，说话原已经说得很多了，所以一到茶庄，都不想再说下去，只瞪目坐着，在看四周的山和脚下的水，忽而嘘朔朔朔的一声，在半天里，晴空中一只飞鹰，像霹雳似的叫过了，两山的回音，更缭绕地震动了许多时。我们两人头也不仰起来，只竖起耳朵，在静听着这鹰声的响过。回响过后，两人不期而遇的将视线凑集了拢来，更同时破颜发了一脸微笑，也同时不谋而合的叫了出来说：

"真静啊！"

"真静啊！"

等老翁将一壶茶搬来，也在我们边上的石条上坐下，和我们攀谈了几句之后，我才开始问他说：

"久住在这样寂静的山中，山前山后，一个人也没有得看见，你们倒也不觉得怕的么？"

"怕啥东西？我们又没有龙连（钱），强盗绑匪，难道肯到孤老院里来讨饭吃的么？并且春三二月，外国清明，这里的游客，一天也有好几千。冷清的，就只不过这几个月。"

我们一面喝着清茶，一面只在贪味着这阴森得同太古似的山中的寂静，不知不觉，竟把摆在桌上的四碟糕点都吃完了，老翁看了我们的食欲的旺盛，就又推荐着他们自造的西湖藕粉和桂花糖说：

"我们的出品，非但在本省口碑载道，就是外省，也常有信来邮购的，两位先生冲一碗尝尝看如何？"

大约是山中的清气，和十几里路的步行的结果罢，那一碗看起来似鼻涕，吃起来似泥沙的藕粉，竟使我们嚼出了一种意外的鲜味。等那壶龙井芽茶，冲得已无茶味，而我身边带着的一封绞盘牌也只剩了两支的时节，觉得今天足行得特别快的那轮秋日，早就在西面的峰旁躲去了。谷里虽掩下了一天阴影，而对面东首的山头，还映得金黄浅碧，似乎是山灵在预备去赴夜宴而铺陈着浓妆的样子。我昂起了头，正在赏玩着这一幅以青山为背景的夕照的秋山，忽听见耳旁的老翁以富有抑扬的杭州土音计算着账说：

"一茶，四碟，二粉，五千文！"

我真觉得这一串话是有诗意极了，就回头来叫了一声说：

"老先生！你是在对课呢？还是在作诗？"

他倒惊了起来，张圆了两眼呆视着问我：

"先生你说啥话语？"

"我说，你不是在对课么？三竺六桥，九溪十八涧，你不是对上了'一茶四碟，二粉五千文'了么？"

说到了这里，他才摇动着胡子，哈哈的大笑了起来，我们也一道笑了。付账起身，向右走上了去理安寺的那条石砌小路，我们俩在山嘴将转弯的时候，三人的呵呵呵呵的大笑的余音,似乎还在那寂静的山腰,寂静的溪口,作不绝如缕的回响。

雨

周作人先生名其书斋曰"苦雨",恰正与东坡的"喜雨亭"名相反。其实,北方的雨,却都可喜,因其难得之故。像今年那么的水灾,也并不是雨多的必然结果;我们应该责备治河的人,不事先预防,只晓得糊涂搪塞,虚糜国帑,一旦有事,就互相推诿,但救目前。人生万事,总得有个变换,方觉有趣;生之于死,喜之于悲,都是如此,推及天时,又何尝不然?无雨哪能见晴之可爱,没有夜也将看不出昼之光明。

我生长江南,按理是应该不喜欢雨的;但春日暝蒙,花枝枯竭的时候,得几点微雨,又是一件多么可爱的事情!"小楼一夜听春雨""杏花春雨江南""天街细雨润如酥",从前的诗人,早就先我说过了。夏天的雨,可以杀暑,可以润禾,它的价值的大,更可以不必再说。而秋雨的霏微凄冷,又是别一种境地,昔人所谓"雨到深秋易作霖,萧萧难会此时心"的诗句,就在说秋雨的耐人寻味。至于秋女士的"秋雨秋风愁煞人"的一声长叹,乃别有怀抱者的托辞,人自愁耳,何关雨事。三冬的寒雨,爱的人恐怕不多。但"江关雁声来渺渺,灯昏宫漏听沉沉"的妙处,若非身其境者绝领悟不到。记得曾宾谷曾以《诗品》中语名诗,叫作《赏雨茅屋斋诗集》。他的诗境如何,我不晓得,但"赏雨茅屋"这四个字,真是多么的有趣!尤其是到了冬初秋晚,正当"苍山寒气深,高林霜叶稀"的时节。

暗 夜

什么什么？那些东西都不是我写的。我会写什么东西呢？近来怕得很，怕人提起我来。今天晚上风真大，怕江里又要翻掉几只船哩！啊，啊呀，怎么，电灯灭了？啊，来了，啊呀，又灭了。等一忽吧，怕就会来的。像这样黑暗里坐着，倒也有点味儿。噢，你有洋火吗？等一等，让我摸一支洋蜡出来……啊唷，椅子碰破了我的腿！不要紧，不要紧，好，有了……

这洋烛光，倒也好玩得很。呜呼呼，你还记得么？白天我做的那篇模仿小学教科书的文章："暮春三月，牡丹盛开，我与友人，游戏庭前，燕子飞来，觅食甚勤，可以人而不如鸟乎。"我现在又想了一篇，"某生夜读甚勤，西北风起，吹灭电灯，洋烛之光。"呜呼呼……近来什么也不能做，可是像这种小文章，倒也还做得出来，很不坏吧？我的女人么？嗳，她大约不至于生病罢！暑假里，倒想回去走一趟。就是怕回去一趟，又要生下小孩来，麻烦不过。你那里还有酒么？啊唷，不要把洋烛也吹灭了，风声真大呀！可了不得！……去拿么，酒？等一等，拿一盒洋火，我同你去……廊上的电灯灭了么？小心扶梯！喔，灭了！不点了吧，横竖出去总要吹灭的……噢噢，好大的风！冷！真冷！……嗳！

书信往来

晚秋的太阳,只留下一道金光,浮映在烟雾空蒙的西方海角。

本来是黄色的海面被这夕照一烘,更加红艳得可怜了。

从船尾望去,远远只见一排陆地的平岸,参差隐约的在那里对我点头。

这一条陆地岸线之上,排列着许多一二寸长的桅墙细影,

绝似画中的远草,依依有惜别的余情。

北国的微音

北国的寒宵，实在是沉闷得很，尤其是像我这样的不眠症者，更觉得春夜之长。似水的流年，过去真快，自从海船上别后，匆匆又换了年头。以岁月计算，虽则不过隔了五个足月，然而回想起来，我同你们在上海的历史，好像是隔世的生涯，去今已有几百年的样子。河畔冰开，江南草长，虫鱼鸟兽，各有阳春发动之心，而自称为动物中之灵长，自信为人类中的有思想者的我，依旧是奄奄待毙，没有方法消度今天，更没有雄心欢迎来日。几日前头，有一位日本的新闻记者，来访我的贫居。他问我："为什么要消沉到这个地步？"我问他："你何以不消沉，要从东城跑许多路特来访我？"他说："是为了职务。"我又问他："你的职务，是对谁的？"他说："我的职务，是对国家，对社会的。"我说："那么你就应该知道我的消沉也是对国家，对社会的。现在世上的国家是什么？社会是什么？尤其是我们中国？"他的来访的目的，本来是为问我对于日本对华文化事业的意见如何，中国将来的教育方针如何的，——他之所以来访者，一则因为我在某校里教书，二则因为我在日本住过十多年，或者对于某种事项，略有心得的缘故——后来听了我这一段诡辩，他也把职务丢开，谈了许多无关紧要的闲话走了。他走之后，我一个人衔了纸烟想想，觉得人类社会，毕竟是庸人自扰。什么国富兵强，什么和平共荣，都是一班野兽，于饱食之余，在暖梦里织出来的回文锦字。像我这样的生性，在我这样的境遇下的闲人，更有什么可想，什么可做呢？写到这里我又想起 T 君批评我的话来了，他说："某书的作者，嘲世骂俗，却落得一个牢骚派的美名。"实在我想 T 君的话，一点儿也不错。人若把我们的那些浅薄无聊的"徒然草"合在一处，加上一个牢骚派的名目，思欲抹杀而厌鄙之，倒反便宜了我们。因为我们的那些东西，本来是同身上的积垢，口中的吐气一样，不期然而然的发生表现出来的，哪里配称作牢骚，更哪里配称作"派"呢？我读到《岐路》，沫若，觉得你对于自家的艺术的虚视——这虚视两字，我也不知道妥当不妥当！或者用怀疑两字！比较确切吧——也和我一样。不错不错，我这封信，是从友人宴会席上回来，读了《岐路》之后，拿起笔来写的。我写这一封信的动机，原是想和你们谈谈我对于《岐路》的感想的呀！

沫若！我觉得人生一切都是虚幻，真真实在的，只有你说的"凄切的孤单"倒是我们人类从生到死味觉得到的唯一的一道实味。就是京沪报章上，为了金钱或者想建筑自家的名誉的缘故，在那里含了敌意，做文章攻击你的人，我仔细替他们一想，觉得他们也在感着这凄切的孤独。唯其感到孤独，所以他们只好做些文章来卖一点金钱，或者竟牺牲了你来博一点小小的名誉；毕竟他们还是人，还是我们的同类，这"孤单"的感觉，终究是逃不了的，所以他们的文章里最含恶意，攻击你最甚的处所，便是他们孤独感表现最切的地方。名利的争夺，欲牺牲他人而建立自己的恶心——简单点说，就说生存竞争吧——依我看来，都是由这"孤单"的感觉催发出来的。人生的实际，既不外乎这"孤单"的感觉，那么表现人生的艺术，当然也不外乎此，因此我近来对于艺术的意见和评价，都和从前不同了。我觉得艺术并没有十分可以推崇的地方，她和人生的一切，也没有什么特异有区别的地方。努力于艺术，献身于艺术，也不须有特别的表现。牢牢捉住了这"孤单"的感觉，细细地玩味，由他写成诗歌小说也好，制成音乐美术品也好，或者竟不写在纸上，不画在布上壁上，不雕在白石上，不奏在乐器上，什么也不表现出来，只教他能够细细的玩味这"孤单"的感觉，便是绝好最美的"创造"。

仿吾！这一段无聊的废话，你看对不对？我在写这封信之先，刚从一位朋友处的宴会回来，席上遇见了许多在日本和你同科的自然科学家。他们都已经成了富者，现在是资本家了。我夹在这些衣狐裘者的老同学中间，当然觉得十分的孤独，然而看看他们挟了皮箧，奔走不宁的行动，好像他们也有些在觉得人生的孤寂的样子。我前边不是说过了么？唯其感到孤寂，所以要席不遑暖的去追求名利。然而究竟我不是他们，所以我这主观的推测，也许是错了的。

我现在因为抱有这一种感想，所以什么东西也写不下来，什么东西也不愿意拿来阅读。有时候要想玩味这"凄切的孤单"，在日斜的午后，老跑出城外去独步。这里城外多是黄沙的田野，有几处也有清溪断壁，绝似日本郊外未开辟之先的代代木新宿等处。不过这里一堆一堆的黄土小冢，和有钱的人家的白杨松树的坟茔很多，感视少微与日本不同一点。今晚在宴会的席上，在许多鸿儒谈笑的中间，我胸中的感觉，同在这样的白杨衰草的坟地里漫步时一样。不过有一点我觉得比从前进步了。从前我和境遇比我美满的朋友——实际上除你们几个人之外，哪一个境遇比我不美满？——相处，老要起一种感伤，有时竟会滴下泪来。现在非但眼泪不会滴下来，并且也能如他们一样的举起箸来取菜，提起杯来喝酒。不过从前的那一种喜欢谈话的冲动，现在没有了。他们入座，我也就坐，他们吃菜，我也吃菜。劝我喝酒，我就喝，干杯就干杯。席散了，我就回来。雇车雇不着，就慢慢的在黄昏的街道上走。同席者的汽车马车，从我身边过去的时候，他们从车中和我点头，我也回点一头。他们不点头，我也让他们的车子过去，横竖是在后头跟走几步，他们的车子就可以老远的上我前头去的，所以无避入岔路上去的必要。还有一点和从前不同的地方，就是我默默的坐在那里，他们来要求我猜拳的时候，我总笑笑，摇摇头，举起杯来喝一杯酒，教他们去要求坐在我下面的一个人猜。近来喝酒也喝不大醉，醉了也不过默默的走回家来坐坐，吸吸烟，沏点茶喝喝。

今晚的宴会，散得很早，我回家来吸吸烟喝喝茶，觉得还睡不着，所以又拿出了周报的《岐路》来看。沫若！大卫生的诗，实在是作得不坏，不过你的几行诗，我也很喜欢念。你的小孩的那个两脚没有的洋囡，我说还是包包好，寄到日本去吧！回头他们去买一个新的时候，怕又要破费几角钱哩。

昨天一个朋友来说他读到《岐路》，真的眼泪出了。我劝他小心些，这句话不要说出来教人家听见，恐怕有人要说他的眼泪不值钱。他说近来他也感染了一种感伤病，不晓怎么的感情好像回返到小孩子时代去了。说到这里他忽而眼圈又红了起来叫了我一声说："达夫！我……我可惜没有钱……"我也对他呆看了半晌，后来他一句话也不说，立起身来就走，我也默默的送他出门去了。（这样的朋友，上我这里来的很多。他们近来知道了我的脾气，来的时候，艺术也不谈了，我的几篇无聊的作品和周报季刊的事情也不提起了。有几次我们真有主客两人相对，默默而过半点钟的时候。像这样的 Pause 的中间，我觉得我的精神上最感得满足。因为有客人在前头，我一时可以不被那一种独坐时常想出来的无聊的空虚思想所侵蚀，而一边这来客又不在言语，我的听取对话和预备回答的那些麻烦注意可以省去。）不过，沫若！我说你那一篇《歧路》写得很可惜，你若不写出来，你至少可以在那一种浓厚的孤独感里浸润好几天。现在写出了之后，我怕你的那一种"凄切的孤单"之感，要减少了吧？

仿吾，我说你还是保守着独身主义，不要想结婚的好！恐怕你若结了婚，一时要失掉你的这孤独之感。而这孤独之感，依我说来，便是艺术的酵素，或者竟可以说是艺术本身。所以你若结了婚，怕一时要与艺术违离。讲到这里我怕你要反问我："那么你们呢？你和沫若呢？"是的，我和沫若是一时与艺术离异过的，不过现在我们已经恢复了原来的孤独罢了……

嗳！嗳！不知不觉，已经写到午前三点钟了。

仿吾！沫若！要想写的话，是写不完的，我迟早还是弄几个车钱到上海来一次吧！大约我在北京打算只住到六月暑假以后，我怎么也要设法回浙江去实行我的乡居的夙愿，若在最近的时期中弄不到车钱，不能到上海来，那么我们等六月里再见吧！

给一位文学青年的公开状

今天的风沙实在太大了，中午吃饭之后，我因为还要去教书，所以没有许多工夫，和你谈天。我坐在车上，一路的向北走去，沙石飞进了我的眼睛。一直到

郁达夫 散文

午后四点钟止,我的眼睛四周的红圈,还没有褪尽。恐怕同学们见了要笑我,所以于上课堂之先,我从高窗口在日光大风里把一双眼睛曝晒了许多时。我今天上你那公寓里来看了你那一副样子,觉得什么话也说不出来。现在我想趁着这大家已经睡寂了的几点钟工夫,把我要说的话,写一点在纸上。

平素不认识的可怜的朋友,或是写信来,或是亲自上我这里来的,很多很多。我因为想报答两位也是我素不认识而对于我却有十二分的同情过的朋友的厚恩起见,总尽我的力量帮助他们。可是我的力量太薄弱了,可怜的朋友太多了,所以结果近来弄得我自家连一条棉裤也没有。这几天来天气变得很冷,我老想买一件外套,但终于没有买成。尤其是使我羞恼的,因为恰逢此刻,我和同学们所读的书里,正有一篇俄国果戈里著的嘲弄像我们一类人的小说《外套》。现在我的经济状态,比从前并没有什么宽裕,从数目上讲起来,反而比从前要少——因为现在我不能向家里去要钱花,每月的教书钱,额面上虽则有五十三加六十四合一百十七块,但实际上拿得到的只有三十三四块——而我的嗜好日深,每月光是烟酒的账,也要开销二十多块。我曾经立过几次对天的深誓,想把这一笔靡费戒省下来,但愈是没有钱的时候,愈想喝酒吸烟。向你讲这一番苦话,并不是因为怕你要问我借钱,先事预防,我不过欲以我的身体来做一个证据,证明目下的中国社会的不合理,以大学校毕业的资格来糊口的你那种见解的错误罢了。

引诱你到北京来的,是一个国立大学毕业的头衔,你告诉我说,你的心里,总想在国立大学弄到毕业,毕业以后至少生计问题总可以解决。现在学校都已考完,你一个国立大学也进不去,接济你的资斧的人,又因他自家的地位摇动,无钱寄你,你去投奔你同县而且带有亲属的大慈善家H,H又不纳,穷极无路,只好写封信给一个和你素不相识而你也明明知道是和你一样穷的我,在这时候这样的状态之下,你还要口口声声的说什么"大学教育""念书",我真佩服你的坚忍不拔的雄心。不过佩服虽可佩服,但是你的思想的简单愚直,也却是一样的可惊可异。现在你已经是变成了中性——半去势的文人了,有许多事情,譬如说高尚一点的,去当土匪,卑微一点的,去拉洋车等事情,你已经是干不了的了。难道你还嫌不足,还要想穿几年长袍,做几篇白话诗,短篇小说,达到你的全去势的目的吗?大学毕业,以后就可以有饭吃,你这一种定理,是哪一本书上翻来的?

像你这样一个白脸长身,一无依靠的文学青年,即使将面包和泪吃,勤勤恳恳的在大学窗下住它五六年,难道你拿毕业文凭的那一天,天上就忽而会下起珍珠白米的雨来的么?

现在不要说中国全国,就是在北京的一区里头,你且去站在十字街头,看见穿长袍黑马褂或哔叽旧洋服的人,你且试对他们行一个礼,问他们一个人要一个名片来看看,我恐怕你不上半天,就可以积起一大堆的什么学士,什么博士来,你若再行一个礼,问一问他们的职业,我恐怕他们都要红红脸说:"兄弟是在这里找事情的。"他们是什么?他们都是大学毕业生呀。你能和他们一样的有钱读书吗?你能和他们一样的有钱买长袍黑马褂哔叽洋服吗?即使你也和他们一样的有了读书买衣服的钱,你能保得住你毕业的时候,事情会来找你吗?

大学毕业生坐汽车,吸大烟,一攫千金的人原是有的。然而他们都是为新上台的大佬经手减价卖职的人,都是大刀枪在后面援助的人,都是有几个什么长在他们父兄身上的人,再粗一点说,他们至少也都是爬乌龟钻狗洞的人,你要有他们那么的后援,或他们那么的乌龟本领,狗本领,那么你就是大学不毕业,何尝不可以吃饭?

我说了这半天,不过想把你的求学读书,大学毕业的迷梦打破而已。现在为你计,最上的上策,是去找一点事情干干。然而土匪你是当不了的,洋车你也拉不了的,报馆的校对,图书馆的拿书者,家庭教师,看护男,门房,旅馆火车菜馆的伙计,因为没有人可以介绍,你也是当不了的——我当然是没有能力替你介绍——所以最上的上策,于你是不成功的了。其次你就去革命去吧,去制造炸弹去吧!但是革命是不是同割枯草一样,用了你那裁纸的小刀,就可以革得成的呢?炸弹是不是可以用了你头发上的灰垢和半年不换的袜底里的腐泥来调合的呢?这些事情,你去问上帝去吧!我也不知道。

比较上可以做得到,并且也不失为中策的,我看还是弄几个旅费,回到湖南你的故土，去找出四五年你不曾见过的老母和你的小妹妹来，第一天相持对哭一天；第二天因为哭了伤心，可以在床上你的草窠里睡去一天，既可以休养，又可以省几粒米下来熬稀粥；第三天以后，你和你的母亲妹妹，若没有衣服穿，不妨三人紧紧的挤在一处，体热互助的结果，同冬天雪夜的群羊一样，倒可以使你的老母不至冻伤，若没有米吃，你在日中天暖一点的时候，不妨把年老的母亲交付给你妹妹的身体烘着，你自己可以上村前村后去掘一点草根树根来煮汤吃。草根树根里也有淀粉，我的祖母未死的时候，常把洪杨乱日，她老人家尝过的这滋味说给我听，我所以知道。现在我既没有余钱，可以赠你，就把这秘方相传，作个我们两位穷汉，在京华尘土里相遇的纪念罢！若说草根树根，也被你们的督军省长师长议员知事掘完，你无论走往何处再也找不出一块一截来的时候，那么你且咽着自家的口水，同唱戏似的把北京的豪富人家的蔬菜，有色有香的说给你的老母亲小妹妹听听，至少在未死前的一刻半刻钟中间，你们三个昏乱的脑子里，总可以大事铺张的享乐一回。

但是我听你说，你的故乡连年兵燹，房屋田产都已毁尽，老母弱妹也不知是生是死，五年来音信不通，并且现在回湖南的火车不开，就是有路费也回去不得，何况没有路费呢？

上策不行，次上中策也不行，现在我为你实在是没有什么法子好想了。不得已我就把两个下策来对你讲吧！

第一，现在听说天桥又在招兵，并且听说取得极宽，上自五十岁的老人起，下至十六七岁的少年止，一律都收。你若应募之后，马上开赴前敌，打死在租界以外的中国地界，虽然不能说是为国效忠，也可以算得是为招你的那个同胞效了命，岂不是比饿死冻死在你那公寓的斗室里，好得多么？况且万一不开往前敌，或虽开往前敌而不打死的时候，只教你能保持你现在的这种纯洁的精神，只教你能有如现在想进大学读书一样的精神来宣传你的理想，难保你所属的一师一旅，不为你所感化。这是下策的第一个。

第二，这才是真真的下策了！你现在不是只愁没有地方住没有地方吃饭而又苦于没有勇气自杀么？你的没有能力做土匪，没有能力拉洋车，是我今天早晨在你公寓里第一眼看见你的时候，已经晓得的。但是有一件事情，我想你还能胜任的，要干的时候一定是干得到的。这是什么事情呢？啊呀，我真不愿意说出来——我并不是怕人家对我提起诉讼，说我在嗾使你做贼，啊呀，不愿意说倒说出来了，做贼，做贼，不错，我所说的这件事情就是叫你去偷窃呀！

　　无论什么人的无论什么东西，只教你偷得着，尽管偷罢！偷到了，不被发觉，那么就可以把这你偷自他，他抢自第三人的，在现在的社会里称为赃物，在将来进步了的社会里，当然是要分归你有的东西，拿到当铺——我虽然不能为你介绍职业，但是像这样的当铺却可以为你介绍几家——里去换钱用。万一发觉了呢？也没有什么。第一你坐坐监牢，房钱总可以不付了。第二监狱里的饭，虽然没有今天中午我请你的那家馆子里的那么好，但是饭钱是可以不付的。第三或者什么什么司令，以军法从事，把你枭首示众的时候，那么你的无勇气的自杀，总算是他来代你执行了，也是你的一件快心的事情，因为这样的活在世上，实在是没有什么意思。

　　我写到这里，觉得没有话再可以和你说了，最后我且来告诉你一种实习的方法吧！

　　你若要实行上举的第二下策，最好是从亲近的熟人方面做起。譬如你那位同乡的亲戚老H家里，你可以先去试一试看。因为他的那些堆积在那里的财富，不过是方法手段不同罢了，实际上也是和你一样的偷来抢来的。再若你慑于他的慈和的笑里的尖刀，不敢去向他先试，那么不妨上我这里来作个破题儿试试。我晚上卧房的门常是不关，进出很便。不过有一件缺点，就是我这里没有什么值钱的物事。但是我有几本旧书，却很可以卖几个钱。你若来时，最好是预先通知我一下，我好多服一剂催眠药，早些睡下，因为近来身体不好，晚上老要失眠，怕与你的行动不便。还有一句话——你若来时，心肠应该要练得硬一点，不要因为是我的书的原因，致使你没有偷成，就放声大哭起来——

海上通信

晚秋的太阳，只留下一道金光，浮映在烟雾空蒙的西方海角。本来是黄色的海面被这夕照一烘，更加红艳得可怜了。从船尾望去，远远只见一排陆地的平岸，参差隐约的在那里对我点头。这一条陆地岸线之上，排列着许多一二寸长的桅樯细影，绝似画中的远草，依依有惜别的余情。

海上起了微波，一层一层的细浪，受了残阳的反照，一时光辉起来。飒飒的凉意逼入人的心脾。清淡的天空，好像是离人的泪眼，周围边上，只带着一道红圈。是薄寒浅冷的时候，是泣别伤离的日暮。扬子江头，数声风笛，我又上了天涯漂泊的轮船。

以我的性情而论，在这样的时候，正好陶醉在惜别的悲哀里，满满的享受一场 Sentimental sweetness，否则也应该自家制造一种可怜的情调，使我自家感到自家的风尘仆仆，一事无成。若上举两事办不到的时候，至少也应该看看海上的落日，享受享受那伟大的自然的烟景。但是这三种情怀，我一种也酿造不成，呆呆的立在龌龊杂乱的海轮中层的舱口，我的心里，只充满了一种愤恨，觉得坐也不是，立也不是，硬是想拿一把快刀，杀死几个人，才肯甘休。这愤恨的原因是在什么地方呢？一是因为上船的时候，海关上的一个下流的外国人，定要把我的书箱打开来检查，检查之后，并且想把我所崇拜的列宁的一册著作拿去。二是因为新开河口的一家卖票房，收了我头等舱的船钱，骗我入了二等的舱位。

啊啊，掠夺欺骗，原是人的本性，若能达观，也不合有这一番气愤，但是我的度量却狭小得同耶稣教的上帝一样，若受着不平，总不能忍气吞声的过去。我的女人曾对我说过几次，说这是我的致命伤，但是无论如何，我总改不过这个恶习惯来。

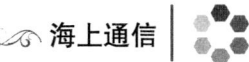

　　轮船愈行愈远了，两岸的风景，一步一步的荒凉起来了，天色垂暮了，我的怨愤，才渐渐的平了下去。

　　沫若呀，仿吾成均呀，我老实对你们说，自从你们下船之后，我一直到了现在，方想起你们三人的孤凄的影子来。啊啊，我们本来是反逆时代而生者，吃苦原是前生注定的。我此番北行，你们不要以为我是为寻快乐而去，我的前途风波正多得很呀！

　　天色暗下来了，我想起了家中在楼头凝望着我的女人，我想起了乳母怀中，在那里伊吾学语的孩子，我更想起了几位比我们还更苦的朋友。啊啊，大海的波涛，你若能这样的把我吞咽了下去，倒好省却我的一番苦恼。我愿意化成一堆春雪，躺在五月的阳光里，我愿意代替了落花，陷入污泥深处，我愿意背负了天下青年男女的肺痨恶疾，就在此处消灭了我的残生。

　　这些感伤的（Sentimental）咏叹，只能博得恶魔的一脸微笑，几个在资本家跟前俯伏的文人，或者要拿了我这篇文字，去佐他们的淫乐的金樽，我不说了，我不再写了，我等那一点西方海上的红云消尽的时候，且上舱里去喝一杯白兰地罢，这是日本人所说的Yakezake！

10月5日

　　昨天晚上，因为多喝了一杯白兰地，并且因为前夜在F.E.饭店里的一夜疲劳，还没有回复，所以一到床上就睡着了。我梦见了一个十五六的少女和我同舱，我硬要求她和我亲嘴的时候，她回复我说：

　　"你若要宝石，我可以给你Rajah's diamond.

　　你若要王冠，我可以给你世上最大的国家，

　　但是这绯红的嘴唇，这未开的蔷薇花瓣，

　　我要保留着等世上最美的人来！"

　　我用了武力，捉住了她，结果竟做了一个"风月宝鉴"里的迷梦，所以今天头昏得很，什么也想不出来。但是与海天相对，终觉得无聊，我把佐藤春夫的一篇小说《被剪的花儿》读了。

在日本现代的小说家中，我所最崇拜的是佐藤春夫。他的小说，周作人君也曾译过几篇，但那几篇并不是他的最大的杰作。他的作品中的第一篇，当然要推他的出世作《病了的蔷薇》，即《田园的忧郁》了。其他如《指纹》《李太白》等，都是优美无比的作品。最近发表的小说集《太孤寂了》，我还不曾读过。依我看来，这一篇《被剪的花儿》，也可说是他近来的最大的收获。书中描写主人公失恋的地方，真是无微不至，我每想学到他的地步，但是终于画虎不成。他在日本现代的作家中，并不十分流行。但是读者中间的一小部分，却是对他抱着十二分的好意。有一次何畏对我说：

"达夫！你在中国的地位，同佐藤在日本的地位一样。但是日本人能了解佐藤的清洁高傲，中国人却不能了解你，所以你想以作家立身是办不到的。"

惭愧惭愧！我何敢望佐藤春夫的肩背！但是在目下的中国，想以作家立身，非但干枯的我没有希望，即使 Victor Hugo, Charles Dickens, Gerhart Hauptmann 等来，也是无望的。

沫若！仿吾！我们都是笨人，我们弃康庄的大道不走，偏偏要寻到这一条荆棘丛生的死路上来。我们即使在半路上气绝身死，也同野狗的毙于道旁一样，却是我们自家寻得的苦恼，谁也不能来和我们表同情，谁也不能来收拾我们的遗骨的。啊啊！又成了牢骚了，"这是中国文人最丑的恶习，非绝灭不可的地方"，我且收住不说了吧！

单调的海和天，单调的船和我，今日使我的精神萎缩得不堪。十二时中，足破这单调的现象，只有晚来海中的落日之景，我且搁住了笔，去看 The glorious sun-setting 吧！

10 月 6 日

这一次的航海，真奇怪得很，一点儿风浪也没有，现在船已到了烟台了。烟台港同长崎门司那些港一些儿也没有分别，可惜我没有金钱和时间的余裕，否则上岸去住他一二星期，享受一番异乡的情调，倒也很有趣味。烟台的结晶处是东首临海的烟台山。在这座山上，有领事馆，有灯台，有别庄，正同长崎市外的那所检疫所的地点一样。沫若，你不是在去年的夏天有一首在检疫所作的诗么？我现在坐在船上，遥遥的望着这烟台的一带山市，也起了拿破仑在媛来娜岛上之感，啊啊，漂流人所见大抵略同——我们不是英雄，我们且说漂流人吧！

山东是产苦力的地方，烟台是苦力的出口处。船一停锚，抢上来的凶猛的搭客，和售物的强人，真把我骇死，我足足在舱里躲了三个钟头，不敢出来。

到了日暮，船将起锚的时候，那些售物者方散退回去，我也出了舱，上船舷上来看落日。在海船里，除非有衣摆奈此的小说《默示录的四骑士》中所描写的那种同船者的恋爱事体外，另外实没有一件可以慰遣寂寥的事情，所以我这一次的通信里所写的也只是落日，Sun Setting, Abend Roete, ete, etc. 请你们不要笑我的重复！

我刚才说过，烟台港和长崎门司一样，是一条狭长的港市，环市的三面，都是浅淡的连山。东面是烟台山，一直西去，当太阳落下去的那一支山脉，不知道是什么名字。但是我想这一支山若要命名，要比"夕阳""落照"等更好的名字，怕没有了。

一带连山，本来有近远深浅的痕迹可以看得出来的，现在当这落照的中间，都只成了淡紫。市上的炊烟，也蒙蒙的起了，更使我想起故乡城市的日暮的景色来，因为我的故乡，也是依山带水，与这烟台市不相上下的呀！

日光没了，天上的红云也淡了下去。一阵凉风吹来，使人起了一种莫名其妙的哀感。我站在船舷上，看看烟台市中一点两点渐渐增加起来的灯火，看看甲板上几个落了伍急急忙忙赶回家去的卖物的土人，忽而索落索落的滴下了两粒眼泪来。我记得我女人有一次说，小孩子到了日暮，总要哭着寻他的娘抱，因为怕晚上没有睡觉的地方。这时候我的心里，大约也被这一种 Nostalgia 笼罩住了罢，否则何以会这样的落寞！这样的伤感！这样的悲愁无着处呢！

这船今晚上是要离开烟台上天津去的，以后是在渤海里行路了。明天晚上可到天津。我这通信，打算一上天津就去投邮。愿你与婀娜和小孩全好，仿吾也好，成均也好，愿你们的精神能够振刷；啊啊，这样在勉励你们的我自家，精神正颓丧得很呀！我还要说什么！我还有说话的资格吗！

10月7日

不知在什么时候，我记得你曾说过，沫若，你说："我们的拿起笔来要写，大约是已经成了习惯了，无论如何，我此后总不能绝对的废除笔墨的。"这一种冯妇之习，不但是你免不了，怕我也一样的吧。现在精神定了一定，我又想写了。

昨天船离了烟台，即起大风，船中的一班苦力，个个头上都淋成五色。这是什么理由呢？因为他们都是连绵席地而卧，所以你枕我的头，我枕你的脚。一人吐了，二人就吐，三人四人，传染过去。铤而走险，急不能择，他们要吐的时候就不问是人头人足，如长江大河的直泻下来。起初吐的是杂物，后来吐黄水，最后就赤化了。我在这一个大吐场里，心里虽则难受，但却没有效他们的颦，大约是曾经沧海的结果，也许是我已经把心肝呕尽，没有吐的材料了。

今天的落日，是在七十二沽的芦草上看的。几堆泥屋，一滩野草，野草里的鸡犬，泥屋前的穿红布衣服的女孩，便是今日的落照里的风景。

船靠岸的时候，已经是夜半了。二哥哥在埠头等我。半年不见，在青白的瓦斯光里他说我又瘦了许多。非关病酒，不是悲秋，我的瘦，却是杜甫之瘦，儒冠之害呀！

从清冷的长街上，在灰暗凉冷的空气里，把身体搬上这家旅店里之后，哥哥才把新总统明晚晋京的话，告诉我听。好一个魏武之子孙，几年来的大愿总算成就了，但是，但是只可怜了我们小百姓，有苦说不出来。听说上海又将打电报，抬菩萨，祭旗拜斗的大耍猴子戏。我希望那些有主张的大人先生，要干快干，不要虚张声势的说："来来来！干干干！"因为调子唱得高的时候，胡琴有脱板的危险。中国的没有真正革命起来的原因，大约是受的"发明电报者"之害哟！

几天不看报，倒觉得清净得很。明天一到北京，怕又不得不目睹那些中国特有的承平气象,我生在这样的一个太平时节,心里实在是怕看这些黄帝之子孙的文明制度了。

夜也深了,老车站的火车轮声,也渐渐的听不见了,这一间奇形怪状的旅舍里,也只充满了鼾声。窗外没有月亮,冷空气一阵一阵的来包围我赤裸裸的双脚。我虽则到了天津,心里依然是犹豫不定:

"究竟还是上北京去作流氓去呢?还是到故乡家里去作隐士?"

名义上自然是隐士好听,实际上终究是飘流有趣。等我来问一个诸葛神卦,再决定此后的行止吧!

敕敕敕,弟子郁……

……

……

10月8日

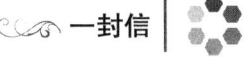

一封信

M君,F君:

到北京后,已经有两个月了。我记得从天津的旅馆里发出那封通信之后,还没有和你们通过一封信;临行时答应你们做的稿子,不消说是没有做过一篇。什么"对不起呀""原谅我呀"的那些空文,我在此地不愿意和你们说,实际上即使说了也是没有丝毫裨益的。这两个月中间的时间,对于我是如何的悠长?日夜只呆坐着的我的脑里,起了一种怎么样的波涛?我对于过去,对于将来,抱了怎么样的一个念望?这些事情,大约是你们所不知道的罢;你们若知道了,我想你们一定要跑上北京来赶我回去,或者宽纵一点,至少也许要派一个人或打一个电报,来催我仍复回到你们日夜在谋脱离而又脱离不了的樊笼里去。我的情感,意识,欲望和其他的一切,现在是完全停止了呀。M!我的生的执念和死的追求现在也完全消失了呀！F！啊啊，以我现在的心理状态讲来，就是这一封信也是多写的，我……我还要希望什么？啊啊，我还要希望什么呢？上北京来本来是一条死路，北京空气的如何腐劣，都城人士的如何险恶，我本来是知道的。不过当时同死水似的一天一天腐烂下去的我，老住在上海，任我的精神肉体，同时崩溃，也不是道理，所以两个月前我下了决心，决定离开了本来不应该分散而实际上不分散也没有方法的你们，而独自一个跑到这风雪弥漫的死都中来。当时决定起行的时候，我心里本来也没有什么远大的希望，但是在无望之中，漠然的我总觉有一个"转换转换空气，振作振作精神"的念头。啊啊，我当时若连这一个念头也不起，现在的心境，或者也许能平静安逸，不至有这样的苦闷的！欺人的"无望之望"哟，我诅咒你，我诅咒你！……拿起笔来，顺了我苦闷的心状，写了这么半天，我也不知道说了些什么。像这样的写下去，我也不知道怎么才能把我胸中压住的一块铅铁吐露得出来。啊啊，M，F，我还是不写了罢，我还是不写的好……不过……不过这样的沉默过去，我怕今晚上就要发狂，睡是横竖睡不着了，难道竟这样呆呆的坐到天明么？这绵绵的长夜，又如何减缩得来呢？M，F！我的头昏痛得很，我仍复写下去吧，写得纠缠不清的时候，请你们以自己的经验来补我笔的不足。

"到北京之后，竟完全一刻清新的时间也没有过，从下车之日起，一直到现在此刻止，竟完全是同半空间的雨滴一样，只是沉沉落下。"这一句话，也是假的。若求证据，我到京之第二日，剃了数月来未曾梳理的长发短胡，换了一件新制的夹衣，捧了讲义，欣欣然上学校去和我教的那班学生相见，便是一个明证。并且在这样消沉中的我，有时候也拿起纸笔来想写些什么东西。前几天我还有一段不曾做了的断片，被M报拿了去补纪念刊的余白哩，……所以说我近来"竟完全同半空间的雨滴一样，只是沉沉落下。"也是假的，但是像这样的瞬间的发作，最多不过几个钟头。这几个钟头过后，剩下来的就是无穷限的无聊和无穷限的苦闷。并且像这样的瞬间的发作，至多一个月也不过一次，以后我觉得好像要变成一年一次几年一次的样子，那是一定的，那是一定的呀！

那么除了这样的几个钟头的瞬间发作之外，剩下来的无穷的苦闷的本体，究竟是什么呢？M！F！请你们不要笑我吧！实际上我自家也说不出所以然来。我不晓得为什么我会这样的苦闷，这样的无聊！

难道是失业的结果吗？……现在我名义上总算已经得了一个职业，若要拼命干去，这几点钟学校的讲义也尽够我日夜的工作了。但是我一拿到讲义稿，或看到第二天不得不去上课的时间表的时候，胸里忽而会咽上一口气来，正如酒醉的人，打转饱嗝来的样子。我的职业，觉得完全没有一点吸收我心意的魔力，对此我怎么也感不出趣味来，讲到职业的问题，我觉得倒不如从前失业时候的自在了。

难道是失恋的结果么？……噢噢，再不要提起这一个怕人的名词。我自见天日以来，从来没有晓得过什么叫做恋爱。命运的使者，把我从母体里分割出来以后，就交给了道路之神，使我东流西荡，一直漂泊到了今朝，其间虽也曾遇着几个异性的两足走兽，但她们和我的中间，本只是一种金钱的契约，没有所谓"恋"，也没有所谓"爱"的。本来是无一物的我，有什么失不失，得不得呢？你们若问起我的女人和小孩如何，那么我老实对你们说吧，我的亲爱她的心情，也不过和我亲爱你们的心情一样，这一种亲爱，究竟可不可以说是恋爱，暂且不管它，总之我想念我女人和小孩的情绪，只有同月明之夜在白雪晶莹的地上，当一只孤雁飞过时落下来的影子那么浓厚。我想这胸中的苦闷，和日夜纠缠着我的无聊，大约定是一种遗传的疾病。但这一种遗传，不晓得是始于何时，也不知将伊于何底，更不知它是否限于我们中国的民族的？

我近来对于几年前那样热爱过的艺术，也抱起疑念来了。呀，M，F！我觉得艺术中间，不使人怀着恶感，对之能直接得到一种快乐的，只有几张伟大的绘画，和几段奔放的音乐，除此之外，如诗，文，小说，戏剧，和其他的一切艺术作品，都觉得肉麻得很。你看歌德的诗多肉麻啊，什么"紫罗兰呀，玫瑰呀，十五六的少女呀"，那些东西究竟有什么用处呢？垂死的时候，能把它们拿来作药饵么？美莱迭斯的小说，也是如此的啊，并不存在的人物事实，他偏要说得原原本本，把威尼斯的夕照和伦敦市的夜景，一场一场的安插到里头去，枉费了造纸者和排字者的许多辛苦，创造者的他自家所得的结果，也不过一个永久的死灭罢了，那些空中的楼阁，究竟建设在什么地方呢？像微虫似的我辈，讲起来更可羞了。我近来对北京的朋友，新订了一个规约，请他们见面时绝对不要讲关于文学上的话，对于我自家的几篇无聊的作品，更请求他们不要提起。因为一提起来，我自家更羞惭得窜身无地，我的苦闷，也更要增加。但是到我这里来的青年朋友，多半是以文学为生命的人。我们虽则初见面时有那种规约，到后来三言两语，终不得不讲到文学上去。这样的讲一场之后，我的苦闷，一定不得不增加一倍。

为消减这一种内心苦闷的缘故，我却想了种种奇特的方法出来。有时候我送朋友出门之后，马上就跑到房里来把我所最爱的东西，故意毁成灰烬，使我心里不得不起一种惋惜悔恼的幽情，因为这种幽情起来之后，我的苦闷，暂时可以忘了。到北京之后的第二个礼拜天的晚上，正当我这种苦闷情怀头次起来的时候，我把颜面伏在桌子上动也不动的坐了一点多钟。后来我偶尔把头抬起，向桌子上摆着的一面蛋形镜子一照，只见镜子里映出了一个瘦黄奇丑的面形，和倒覆在额上的许多三寸余长，乱蓬蓬的黑发来。我顺手拿起那面镜子向地上一掷，拍的响了一声，镜子竟化成了许多粉末。看看一粒一粒地上散溅着的玻璃的残骸，我方想起了这镜子和我的历史。因为这镜子是我结婚之后，我女人送给我的两件纪念品中的最后的一件。她和这镜子同时给我的一个钻石指环，被我在外国念书的时候质在当铺里，早已满期流卖了。目下只剩了这一面意大利制的四圈有象牙螺钿镶着的镜子，我于东西流转之际，每与我所最爱的书籍收拾在一起，随身带着的这镜子，现在竟化成一颗颗的细粒和碎片，溅散在地上。我呆呆的看了一忽，心里忽起了一种惋惜之情，几刻钟前，那样难过的苦闷，一时竟忘掉了。自从这一回后，我每于感到苦闷的时候，辄用这一种饮鸩止渴的手段来图一时的解放，所以我的几本爱读的书籍和几件爱穿的洋服，被我烧了的烧了，剪破的剪破，现在行箧里，几乎没有半点值钱的物事了。

有钱的时候，我的解闷的方法又是不同。但我到北京之后，从没有五块以上的金钱和我同过一夜，所以用这方法的时候，比较的不多。前月中旬，天津的二哥哥，寄了五块钱来给我，我因为这五块钱若拿去用的时候，终经不起一次的消费，所以老是不用，藏在身边。过了几天，我的遗传的疾病又发作了，苦闷了半天，我才把这五元钱想了出来。慢慢的上一家卖香烟的店里尽这五元钱买了一大包最贱的香烟，我回家来一时的把这一大包香烟塞在白炉子里燃烧起来。我那时候独坐在恶毒的烟雾里，觉得头脑有些昏乱，且同时眼睛里，也流出了许多眼泪，当时内心的苦闷，因为受了这肉体上的激刺，竟大大的轻减了。

一般人所认为排忧解闷的手段，一时我也曾用过的手段，如醇酒妇人之类，对于现在的我，竟完全失了它们的效力。我想到了一年半年之后若现在正在应用的这些方法，也和从前的醇酒妇人一样，变成无效的时候，心里又不得不更加上一层烦恼。啊啊，我若是一个妇人，我真想放大了喉咙，高声痛哭一场！

前几个月在上海做的那一篇春夜的幻影，你们还记得么？我现在回想起来，觉得近来于无聊之极，写出来的几篇感想不像感想小说不像小说的东西里，还是这篇夏夜的幻想有些意义。不过当时的苦闷，没有现在那么强烈，所以还能用些心思在修辞结构上面。我现在才知道了，真真苦闷的时候，连叹苦的文字也做不出来的。

夜已经深了。口外的火车，远远绕越西城的车轮声，渐渐的传了过来。我想这时候你们总应该睡了罢？若还没有睡，啊啊，若还没有睡，而我们还住在一起，恐怕又要上酒馆去打门了呢！我一想起当时的豪气，反而只能发生出一种羡慕之心，当时的那种悲愤，完全没有了。人生到了这一个境地，还有什么希望？还有什么希望呢？